렉싱턴의 유령

REKISHINTON NO YUREI
by Haruki Murakami
Copyright ⓒ 1996 by Haruki Murakami
All rights reserved.
Originally published in Japan by BUNGEISHUNJU LTD., Tokyo.
Korean translation rights arranged with Haruki Murakami, Japan
through THE SAKAI AGENCY and BOOKPOST AGENCY.

렉싱턴의 유령

무라카미 하루키 소설

임홍빈 옮김

문학사상

차례

렉싱턴의 유령

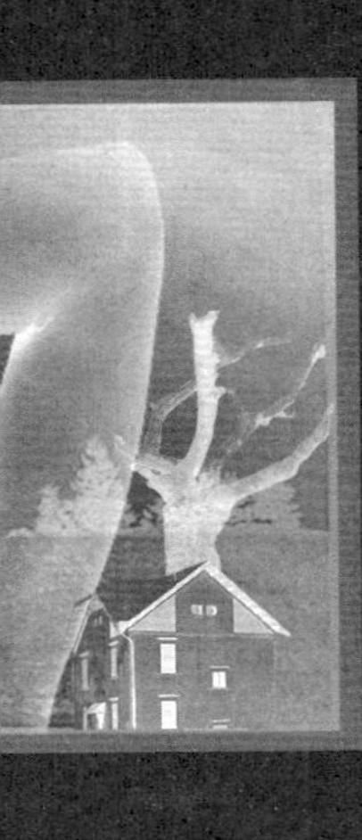

　이건 수년 전에 실제로 일어났던 일이다. 어떤 사정 때문에 등장인물의 이름은 바꾸었지만, 그 밖의 내용은 모두 사실이다.

　나는 미국 매사추세츠 주의 케임브리지에서 이 년쯤 살았던 적이 있다. 그때 한 건축가와 가까이 알고 지냈다. 막 쉰 고개를 넘긴 미남형의 그는 반백의 머리에 키는 별로 큰 편이 아니었다. 수영을 좋아해서 매일 수영장에 다니며 단련한 덕분에 몸은 매우 튼튼하고 건강해 보였다. 그는 때때로 테니스도 쳤다. 이름은 편의상 케이시라고 해두자. 독신인 그는 보스턴 교외에 자리 잡은 렉싱턴의 오래된 저택에서 지극히 말수가 적고 안색이 그다지 좋지 않은 피아노 조율사와 함께 살고 있었다. 그 조율사의 이름은 제레미 — 아마도 삼십 대 중반으로, 큰 키에 버드나무 가지처럼 몸이 홀쭉하며 머리숱이 약간 줄어들고 있었다. 그는 조율하는 것뿐만 아니라, 피아노도 제법 잘 쳤다.

당시 내 단편소설이 몇 편인가 영어로 번역되어 미국 잡지에 실렸는데, 케이시는 그것을 읽고 편집부를 통해 내게 편지를 보내왔다. '당신 작품과 당신에 대해 매우 흥미를 갖게 됐다. 만약 괜찮다면 한번 만나뵙고 이야기하고 싶다' 는 내용을 담고 있었다. 나는 웬만해서는 그런 방식의 만남은 삼가고 있었지만(경험적으로는 별로 즐거웠던 기억이 없다) 케이시만은 만나보아도 괜찮겠다고 생각했다. 편지를 읽고, 그가 아주 지적이고 유머감각이 풍부하다고 느꼈기 때문이다. 그리고 외국에서 지내고 있다는 홀가분한 마음의 여유가 있었기 때문이기도 했다. 집도 서로 가까운 곳에 있었다. 하지만 그런 사정은 어디까지나 주변적인 이유에 지나지 않았다. 뭐니 뭐니 해도 내가 케이시라는 인물에 대해 개인적인 관심을 갖게 된 가장 큰 이유는, 그가 오래된 귀중한 재즈 레코드 컬렉션의 소유자라는 점에 있었다.

'아마도 온 미국을 뒤져봐도 개인 컬렉션으로서 이만큼 충실하게 갖추고 있는 경우는 별로 없을 겁니다. 당신은 재즈를 좋아한다고 하니까, 흥미를 느낄지도 모르겠군요' 하고 그의 편지에 적혀 있었다. 바로 그거다. 내가 그에게 흥미를 느꼈던 건 바로 그 때문이었다. 그의 편지를 읽고 나서, 그의 컬렉션을 보고 싶어 견딜 수 없게 되어버렸다. 나는 오래된 재즈 레코드 컬렉션에 대한 이야기만 들어도, 마치 말이 어떤 특별한 나무 냄새를 맡으면 정신을 못 차리듯 자제력을 잃어버린다.

케이시의 집은 렉싱턴에 있었다. 내가 사는 케임브리지에서 자동차로 삼십 분이면 갈 수 있는 거리였다. 내가 전화를 걸자 그는 상세한 지도를 팩스로 보내주었다. 나는 사월 오후에, 녹색 폴크스바겐을 타고 혼자서 그의 집을 찾아갔다. 집은 금방 찾을 수 있었다. 크고 오래된 삼층집이었다. 지은 지 적어도 백 년은 넘은 것 같았다. 의젓한 형태로 세워진 대저택들이 즐비하게 늘어선 보스턴 교외의 고급 주택지 중에서도 유서 깊은 한 모퉁이에 자리 잡은, 금세 눈에 띄는 으리으리한 저택이었다. 그림엽서로 찍어내도 좋을 것 같은, 그런 멋있는 집이었다.

정원은 마치 넓은 숲 속같이 꾸며져 있었고, 파랑어치 네

마리가 화사하고 날카로운 울음소리로 지저귀며 야단스럽게 이 가지에서 저 가지로 날아다니는 모습이 보였다. 진입로에는 신형 BMW 왜건이 주차되어 있었다. 내가 BMW 뒤에 차를 세우자, 현관문 앞 발판 위에 누워 이리저리 뒤척이던 몸집 큰 마스티프 개가 천천히 일어나 반쯤은 의무적으로 두세 번 짖었다. "별로 짖고 싶지는 않지만, 일단은 이렇게 낯선 사람을 보면 짖으라니까" 하고 말하는 듯이.

현관으로 나온 케이시는 악수를 청했다. 그는 무언가를 확인하려는 듯 내 손을 꽉 쥐었다. 악수를 하면서 다른 한 손으로는 내 어깨를 가볍게 툭툭 두드렸다. 그것이 케이시의 인사법이었다. "이야, 잘 오셨습니다. 당신을 만나게 되다니 정말 기쁩니다" 하고 그는 말했다. 케이시는 이탈리아 풍의 세련된 흰 셔츠를 입었는데, 맨 윗단추까지 단정하게 채운 채로 그 위에 엷은 갈색의 캐시미어 카디건을 걸치고 있었으며, 부드러운 면바지를 입고 있었다. 조르지오 아르마니 풍의 조그만 안경을 끼고 있는 모습이 꽤 멋있게 보였다.

케이시는 나를 집 안으로 안내한 후 거실 소파에 앉으라고 권하고는 금방 만든 맛있는 커피를 내왔다.

케이시는 남에게 무엇이든 억지로 권하는 법이 없는, 가정 교육도 잘 받고 교양도 풍부한 인물이었다. 젊었을 때는 널리 세계를 돌아다니며 여행을 했다고 하는데, 그 말솜씨도 대단했다. 그와 친해진 나는 한 달에 한 번은 그의 집에 놀러가게 되었다. 그 레코드 컬렉션을 즐길 수 있는 기회도 얻게 되었다. 다른 곳에서는 절대로 들을 수 없는 귀중한 음악을, 그곳에 있으면 듣고 싶은 만큼 들을 수 있었다. 오디오 장치는 레코드 컬렉션에 비하면 그다지 좋은 것이 아니었지만, 구식 대형 진공관 앰프에서 따스하고 정겨운 음이 흘러나왔다.

케이시는 자택 서재에 대형 컴퓨터 장비를 갖추고 건축 설계 일을 하고 있었다. 그렇지만 케이시는 내게 자신의 직업에 관한 이야기는 거의 하지 않았다. "그렇게 대단한 일을 하는 것도 아닌데 뭐" 하고 웃으며 변명이라도 하듯 말했다. 그가 어떤 건축물을 설계하는지, 나는 몰랐다. 또한 그가 바쁜 듯이 일하는 모습을 본 적도 없었다. 내가 아는 케이시는 늘 거실 소파에 앉아서, 와인 잔을 우아하게 기울이며 책을 읽거나, 제레미의 피아노 연주에 귀를 기울이거나, 혹은 정원 의자에 앉아 개와 놀곤 했다. 어디까지나 내 느낌이지만, 케이시는 그렇게 진지하게 일한 적은 없었다고 생각된다.

돌아가신 그의 아버지는 전국적으로 명성이 높은 정신과 의사였는데, 그가 쓴 대여섯 권의 책은 그 분야에서 거의 고전으로 알려져 있다. 또한 열렬한 재즈 팬이었고, 프레스티지 레코드의 창시자이며 프로듀서인 밥 와인스톡과도 개인적으로 친하게 지냈다고 하는데, 그런 연유로 1940년대에서 1960년대에 걸친 재즈 레코드 수집은, 케이시가 내게 편지에 쓴 대로, 혀를 내두를 만큼 완벽한 것이었다. 양적으로 봐도 대단한 것이었지만, 질적으로도 흠잡을 데 없이 완벽했다. 레코드는 대부분 오리지널 초판본이었고, 보관 상태도 좋았다. 판에는 긁힌 자국 하나 없고 재킷에도 손상된 데가 없었다. 그건 거의 기적에 가까운 일이었다. 여간 소중하게 보관하지 않았으면 그렇게 말끔할 수 없을 터인데, 마치 갓난아기를 따듯한 물에 목욕시키듯 한 장 한 장 소중히 다뤘을 것이라고 느껴졌다.

케이시에게는 형제가 없고, 어렸을 때 어머니를 여의었다고 한다. 아버지는 그 후 재혼하지 않으셨다. 그래서 십오 년 전에 아버지가 췌장암으로 돌아가셨을 때, 집과 모든 재산과 함께, 그런 레코드 컬렉션을 고스란히 물려받게 된 것이다. 케이시는 아버지를 그 누구보다도 존경하고 사랑했기 때문에 레코드를 단 한 장도 처분하지 않고, 그 상태 그대로 소중하게 보존해두었다. 케이시도 재즈를 즐겨 듣기는 했지만, 아버지만큼 열광적으로 좋아하는 건 아니었다. 사실 그는 클래식 애호가로서, 오자와가 지휘하는 보스턴·심포니의 콘서트가 열리면 빠뜨리지 않고 제레미와 둘이서 들으러 갔다.

알고 지낸 지 반년쯤 지났을 때, 그가 집을 좀 봐달라는 부탁을 했다. 뜻밖에도 케이시는 일 때문에 꼭 일주일 정도 런던에 가지 않을 수 없다고 했다. 케이시가 여행을 떠날 때는 항상 제레미가 집을 지켰는데, 이번에는 그럴 수 없었다. 웨스트버지니아 주에 사는 제레미의 어머니가 건강이 나빠져, 얼마 전부터 그는 그곳으로 돌아갔기 때문이다. 그래서 케이시는 내게 전화를 걸어왔다.

"미안하지만, 당신밖에 생각나지 않아서" 하고 케이시는 말했다. "뭐, 집 지키는 일이라 해도 마일즈(그것이 개의 이름이다)에게 하루 두 번 밥 주는 일 말고는 달리 할 일은 아무것도 없어. 좋아하는 레코드도 마음껏 들을 수 있지. 술이랑 먹을 것도 충분히 사다 놨으니까 그냥 편안하게 있으면 돼."

그건 반가운 제안이었다. 나는 그때 사정이 있어 잠시 혼자 살고 있었고, 세 들어 사는 케임브리지 시내에 있는 아파트의 옆집에서 마침 개축 공사를 하기 시작해 매일 시끄러워서 견딜 수가 없었기 때문이다. 나는 갈아입을 옷과 매킨토시 파워북과 책 몇 권을 가지고 금요일 오후에 케이시의 집으로 갔다. 케이시는 짐을 다 싸놓고, 막 택시를 부르려던 참이었다.

런던에서 즐겁게 지내다 오라고 나는 말했다.

"그야, 물론이지." 케이시가 웃으며 말했다. "당신도 우리 집과 레코드를 즐기라고. 나쁘지 않은 집이니까."

케이시가 가버린 후, 나는 부엌으로 가서 커피를 끓여 마셨다. 그러고 나서 거실 옆의 음악실 테이블에 컴퓨터를 설치하고, 거기에서 케이시의 아버지가 남긴 레코드를 몇 장인가 들으면서 한 시간쯤 일을 했다. 앞으로 일주일간 제대로 일을 할 수 있을지 어떨지를 시험해본 것이다.

책상은 양옆에 서랍이 달린 고풍스럽고 묵직한 마호가니 제품으로, 꽤 오래전에 만들어진 것이었다. 원래 그 방에 있던 것으로, 그곳에 놓여 있는 물건치고 약간이라도 오래된 것이 아닌 게 있다면 내가 들고 온 매킨토시 정도가 전부였고, 눈에 띄는 모든 사물들이 대부분 생각지도 못할 만큼 아득한 옛날부터 지금과 똑같은 자리를 차지하고 있었던 것처럼 느껴졌다. 아무래도 케이시는 아버지가 돌아가신 이후, 이 음악실에—마치 신전이나 성스러운 유물 안치소를 대하는 것처럼—전혀 손을 대지 않은 것 같았다. 그렇지 않아도 시간의 흐름이 정체된 것 같은 집인데, 이 음악실 안은 유난히 더 얼마 전부터 시계가 딱 멈추어버린 것처럼 보였다. 그렇지만 방 안은 손질이 잘되어 있었다. 선반에는 먼지 하나 없고, 책상은 깨끗이 닦여 있었다.

마일즈가 다가와 내 발치에 벌렁 드러누웠다. 나는 몇 번인가 머리를 쓰다듬어주었다. 무척 외로움을 많이 타는 개였다. 긴 시간을 혼자 있지 못하는 개 같았다. 잘 때만은 부엌

17

옆에 있는 제 담요 위에서 자도록 길들여져 있지만, 그 이외의 시간에는 반드시 누군가의 옆에 있고, 어디든 신체의 일부를, 귀찮게 느껴지지 않을 정도로 살며시 상대에게 기대고 있었다.

거실과 음악실 사이에는 문이 없고, 높은 문지방이 칸막이를 대신했다. 거실에는 커다란 벽난로가 있고, 앉기 좋은 3인용 가죽소파가 놓여 있었다. 하나하나 모양이 다른 팔걸이의자가 네 개, 역시 모양이 모두 다른 커피 테이블이 세 개 있었다. 질 좋고 색 바랜 페르시아 카펫이 깔려 있고, 높은 천장에는 뭔가 사연이 있을 법한 고풍스러운 샹들리에가 매달려 있었다. 나는 음악실로 들어가서 소파에 앉아 사방을 한 바퀴 둘러보았다. 난로 위에 놓인 탁상시계가 똑 똑 하고 손톱으로 창문을 가볍게 두드릴 때 나는 소리를 내며 시간을 새겨나가고 있었다.

벽 쪽의 높은 책꽂이에는 미술 서적 같은 각종 전문 분야의 서적이 꽂혀 있었다. 벽의 나머지 삼면에는, 어딘가의 해변을 그려놓은 크고 작은 유화가 몇 개 걸려 있었다. 모두 비슷한 인상의 풍경인데, 사람의 모습은 하나도 보이지 않고 그저 쓸쓸한 해변만 그려져 있었다. 귀를 가까이 가져다 대면 그곳에서 서늘한 바람 소리와 거센 파도 소리가 들릴 것만 같았다. 화려하거나 눈에 띄는 것은 하나도 없었지만, 거기에 놓인 모든 것에서는 그야말로 뉴잉글랜드 풍의 절도 있는, 하지만 조금은 냉정한, 고풍스럽고 부유한 가문의 향취가 났다.

음악실의 넓은 벽 한쪽을 꽉 채운 레코드 선반에는 오래된 LP 레코드가 연주가의 이름 순서대로 꽂혀 있었다. 정확히 몇 장인지는 케이시도 모른다고 했다. 그저 육천 장이나 칠천 장쯤 되지 않을까, 하고 그는 말했다. 그리고 이 음악실에 있는 수만큼의 레코드가 두꺼운 종이상자에 담겨 다락방에 방치되어 있다고 했다. "조만간 이 집도 오래된 레코드의 무게 때문에 어셔의 집(에드거 앨런 포의 단편소설 《어셔 가의 몰락》에 등장하는 몰락 가문-옮긴이)처럼 땅속으로 푹 꺼져버릴지도 모르지."

리 코니츠의 오래된 10인치 음반을 턴테이블 위에 올려놓고, 책상 앞에 앉아 글을 쓰고 있는 사이에 시간은 내 주위를 기분 좋고 평온하게 지나가고 있었다. 마치 내 몸이 쏙 들어갈 만한 인형에 나 자신이 끼워맞춰진 듯한 느낌이 들었다.

오랜 시간 정성 들여 만들어낸 특별한 친밀감 같은 것이, 그곳에서는 느껴졌다. 방 안의 모든 구석구석에는, 벽에 난 작게 파인 흠집과 커튼의 주름에 이르기까지 음악의 울림이 포근히 배어 있었다.

그날 밤 나는 케이시가 마련해놓은 몬테풀치아노의 레드와인을 따서 크리스털 와인 잔에 따라서 몇 잔을 마시고, 거실 소파에 앉아 막 사가지고 온 신간 소설을 읽었다. 케이시가 권한 것이 무색하지 않게 여간 맛이 좋은 와인이 아니었다. 냉장고에서 브리 치즈를 꺼내 크래커와 같이 사분의 일쯤 먹었다. 그사이 주위는 조용해졌다. 여느 때와 같이 똑딱똑딱 울리는 탁상시계 소리 말고는 이따금 집 앞을 지나는 차 소리만이 들릴 뿐이었다. 그나마 바로 집 앞 도로는 어느 곳으로도 통하지 않는 '막힌 길'이었기 때문에 오가는 차량이라곤 이웃 사람들의 차뿐이었고, 밤이 깊어지자 전혀 아무 소리도 들리지 않았다. 학생들이 많이 살고 있는 번잡한 케임브리지의 아파트에서 지내다가 그곳에 머물게 되니까 어쩐지 바닷속에 있는 듯한 기분이 들었다.

시간이 열한 시를 지나자 여느 때와 같이 슬슬 졸리기 시작했기 때문에 나는 책을 놓고, 부엌 싱크대에 유리잔을 갖다 놓고, 마일즈에게 잘 자 하고 말했다. 개는 어쩔 수 없다는 듯이 낡은 담요 위에 몸을 웅크리고는 나직이 끙끙거리더니 눈을 끔벅였다. 나는 불을 끄고, 이 층에 있는 손님용 침실로 갔다. 그리고 잠옷으로 갈아입은 뒤 침대에 누워 금방 잠이 들었다.

눈을 떴을 때, 나는 공백 속에 있었다. 내가 어디에 있는지 알 수 없었다. 나는 잠시 동안 시들어빠진 채소처럼 무감각했다. 마치 어두운 찬장 깊숙이 오랫동안 처넣어진 채로 잊힌 채소처럼. 한참 만에야 나는 가까스로 지금 케이시의 집을 봐주고 있다는 사실을 생각해냈다. 그렇다, 나는 렉싱턴에 있는 것이다. 머리맡에 둔 손목시계를 더듬더듬해서 찾아내어 버튼을 눌러 파란 액정을 밝히고 시계를 봤다. 한 시 십오 분이었다.

침대에서 가만히 몸을 일으키고, 자그마한 독서용 램프를 켰다. 스위치가 어디에 있는지 생각해내는 데 시간이 걸렸

렉싱턴의 유령

다. 백합 모양의 불투명 유리에 노란 불빛이 켜졌다. 두 손바닥으로 얼굴을 세게 문지르고, 숨을 한 번 크게 들이쉬고는 밝아진 방 안을 둘러보았다. 벽을 살펴보고, 카펫을 쳐다보고, 높은 천장을 올려다보았다. 그러고는 바닥에 떨어진 콩을 주워 모으듯 흩어져버린 의식을 하나하나 주워 담아, 내 몸을 현실에 길들게 했다. 그 후 가까스로 그것에 대해 눈치챌 수 있었다. 소리다. 바닷가로 밀려오는 파도 소리 같은 웅웅거림— 그 소리가 나를 깊은 잠에서 끌어낸 것이다.

누군가가 아래층에 있다.

발소리를 죽이고 문 쪽으로 다가가서 숨을 죽였다. 귀 바로 뒤에서 내 심장이 메마른 소리를 내는 것이 들렸다. 분명히 집 안에는 나 말고 다른 사람이 있다. 그것도 한두 명이 아니다. 희미하게 음악 소리 같은 것도 들린다. 어찌 된 영문인지 알 수가 없었다. 겨드랑이 아래로 식은땀이 흘렀다. 내가 자는 동안에 대체 이 집 안에 무슨 일이 일어난 것일까?

가장 먼저 머리에 떠오른 것은, 이건 복잡하게 얽어놓은 장난이 아닐까 하는 추측이었다. 케이시가 나를 놀래주려고 런던에 가는 척하고는, 몰래 한밤의 파티를 준비한 것은 아닐까, 하는. 그렇지만 아무리 생각해봐도 케이시는 그런 쓸데없는 장난을 꾸밀 만한 사람이 아니었다. 그의 유머감각은 훨씬 더 섬세하고 점잖은 편이었다.

아니면—하고 나는 문에 기대선 채 생각했다—거기에 있는 사람들은 내가 모르는 케이시의 친지들인지도 모른다. 케이시가 여행을 떠난 사실을 알고(그러나 내가 빈집을 봐주고 있다는 것은 모르고) 이거 잘됐다 싶어 멋대로 집 안으로 들어온 것이다. 어찌 됐든 적어도 도둑은 아닐 것이다. 도둑은 남의 집에 숨어들어와서 일부러 저렇게 큰 소리로 음악을 듣거나 하지는 않는다.

나는 아무튼 잠옷을 벗고 바지로 갈아입었다. 운동화를 신고 티셔츠 위에 스웨터를 걸쳤다. 그러나 만에 하나라는 경우도 있다. 무언가 나를 보호할 만한 것이 필요했다. 방 안을 돌아보았지만, 적당한 물건이 하나도 보이지 않았다. 야구방망이도 없고, 부젓가락도 없었다. 그곳에 있는 것이라곤 옷장과 침대, 그리고 자그마한 책꽂이와 액자에 들어 있는 풍경화뿐이었다.

복도로 나오자 소리가 더 확실히 들렸다. 계단 아래에서

렉싱턴의 유령

흘러나오는 흥겨운 옛날 음악이 수증기처럼 복도를 가득 채우고 있었다. 귀에 익은 유명한 곡이었지만, 제목은 생각나지 않았다.

말소리도 들렸다. 여러 사람의 목소리가 한데 섞여서 들려와 이야기의 내용까지는 알아들을 수 없었다. 이따금 웃는 소리도 들렸다. 기품 있고 가벼운 웃음소리였다. 아무래도 아래층에서는 파티가 열리고 있는 듯했다. 그것도 한참 무르익어가는 듯한 느낌이 들었다. 마치 분위기를 돋우는 듯 샴페인이나 와인 잔을 부딪치는 소리가 쨍쨍 하고 경쾌하게 울렸다. 아마도 춤을 추는 사람도 있는 것 같았다. 구두가 마룻바닥 위를 움직이는 리드미컬한 삐걱거림도 들렸다.

나는 발소리를 내지 않고 어두운 복도를 걸어가서 계단 층계참에 섰다. 그리고 난간에 기대어 상체를 앞으로 굽히고 아래층을 내려다보았다. 현관의 장방형 창문에서 새어나오는 불빛이 웅장한 분위기의 넓은 현관홀을 섬뜩할 정도로 뿌옇게 비추고 있었다. 사람의 그림자는 없었다. 홀에서 거실로 통하는 쌍여닫이는 굳게 닫혀 있었다. 그 문은 내가 자러 갈 때까지만 해도 분명 열려 있었다. 틀림없다. 그러니까 내가 이 층으로 올라가 잠이 든 후에, 누군가가 문을 닫았다는 말이 된다.

대체 어떻게 된 영문인지 약간 어리둥절했다. 이대로 아무것도 안 하고, 이 층 방에 숨어 있을 수도 있었다. 안에서 문을 잠그고, 침대에서 이불을 뒤집어쓰고…… 냉정하게 생각하면 그것이 가장 적절한 방법이었다. 하지만 계단 위에 서서 아래층의 문 너머로 들려오는 흥겨운 음악 소리나 웃음소리를 듣고 있자니까, 맨 처음 느꼈던 충격은 연못에 인 파문이 잔잔해지듯 점차 가라앉아갔다. 분위기로 볼 때 그들은 이상한 종류의 인간은 아닐 거라고 나는 추측했다.

심호흡을 크게 한 번 하고 나서 현관홀을 향해 계단을 내려갔다. 운동화의 고무 바닥이 낡은 목조 층계를 한 계단 한 계단 조용히 밟아갔다. 홀에 도착해서 바로 왼쪽으로 돌아 부엌으로 들어갔다. 불을 밝히고, 서랍을 열고, 육류를 써는 묵직한 식칼을 손에 쥐었다. 케이시는 요리 만드는 취미가 있어 값비싼 독일제 식칼 세트를 갖추고 있었다. 손질도 말끔히 되어 있었다. 잘 갈아 시퍼렇게 날을 세운 스테인리스 칼날이 손 안에서 차갑게 빛났다.

     렉싱턴의 유령

그러나 내가 이렇게 고기 자르는 큰 식칼을 손에 꼭 쥐고, 시끌벅적한 파티장으로 걸어들어가는 장면을 상상하자 어쩐지 갑자기 바보 같다는 생각이 들었다. 나는 수돗물을 한 컵 가득히 받아 마시고, 칼을 서랍 속에 다시 집어넣었다.

개는 어찌 된 걸까?

그제야 비로소 마일즈의 모습이 보이지 않는다는 사실을 깨달았다. 개는 자신의 잠자리인 낡은 담요 위에 있지 않았다. 대체 그놈은 어디로 가버린 것일까? 만약 누군가가 한밤중에 집 안으로 침입했다면, 짖든가 적어도 뭔가 기척이라도 내야만 될 일이 아니던가. 바닥에 쭈그리고 앉아 털투성이가 된 담요의 움푹 꺼진 자리에 손을 대보았다. 온기도 남아 있지 않았다. 마일즈는 아무래도 한참 전에 잠자리를 빠져나가 어딘가로 가버린 것 같았다.

나는 부엌에서 나와 현관홀로 나가, 거기에 놓여 있는 작은 의자에 앉았다. 음악은 쉴 새 없이 흐르고 있었다. 사람들의 말소리도 계속 이어졌다. 그 소리는 마치 파도처럼 가끔 높이 치솟기도 하고 어쩌다가 약간 잠잠해지기도 했으나, 끊기지는 않았다. 대체 몇 사람 정도나 있는 것일까. 적어도 열

다섯 명 정도는 될 것 같은데. 어쩌면 스무 명 이상일지도 모른다. 그렇다면 그 넓은 거실도 비좁아 틀림없이 꽤 혼잡할 것이다.

문을 열고 안으로 들어가야 하나 말아야 하나, 잠시 생각해보았다. 그건 어렵고도 기묘한 선택이었다. 나는 빈집을 지키고 있는 사람이며, 나름대로 관리의 책임을 지고 있다. 하지만 파티에 초대를 받은 건 아니다.

나는 문틈으로 새어나오는 말소리의 조각조각들을 들어보려고 귀를 기울였다. 그러나 헛수고였다. 말소리는 한데 뒤섞여 단어 하나도 식별할 수 없었다. 사람들이 주고받는 말이라는 것과 대화라는 것만은 알 수 있었지만, 들리는 소리들은 마치 두꺼운 벽처럼 내 앞에 있었다. 그 벽을 뚫고 내가 들어갈 만한 여지는 없는 듯했다.

바지 주머니에 손을 넣어 25센트 동전을 하나 꺼내어 별다른 생각 없이 손 안에서 몇 번인가 빙빙 돌려보았다. 그 작은 은색 동전만이 내게 견고한 현실감각을 되찾게 해주었다.

순간 뭔가 부드러운 나무망치 같은 것이 내 머리를 쳤다.

—저건 유령인 것이다.

거실에 모여 음악을 듣고, 이야기를 나누고 있는 저들은 현실 세계의 사람들은 아니다.

두 팔의 피부에 까칠까칠한 소름이 오싹 돋았다. 머릿속에서 무엇인가 크게 흔들리는 것 같은 감촉이 스쳤다. 마치 주위의 정상적 상황이 어긋나버린 듯 기압이 변화하고, 부우웅 하는 가벼운 귀울림이 느껴졌다. 침을 삼키려고 했지만 목이 바싹 말라붙어 잘 넘길 수 없었다. 나는 동전을 다시 주머니에 넣고 주위를 둘러보았다. 또다시 심장 두근거리는 소리가 크게 울리기 시작했다.

지금까지 알아차리지 못한 것이 이상할 정도다. 생각해보면 애당초 이런 어처구니없는 시각에 어느 누가 파티 같은 걸 연단 말인가. 게다가 이 정도로 많은 사람들이 집 근처에 차를 세워두고 우르르 현관을 통해 집 안으로 들어왔다면 내가 아무리 어떻게 됐다고 해도 잠이 깨지 않았을 리가 없다. 개라도 짖어댔을 것이다. 그러니까 그들은 어디로부터도 들어오지는 않았던 것이다.

마일즈라도 곁에 있었으면 싶었다. 커다란 개의 목에 팔을 둘러, 그 냄새를 맡으며 온기를 피부로 느끼고 싶었다. 하지만 그 개는 어디에도 보이지 않았다. 나는 현관에 놓인 긴 의자에 마치 무엇인가에 홀리기라도 한 듯, 혼자서 꼼짝 않고 앉아 있었다. 물론 무서웠다. 그러나 거기에는 무서움을 넘어선 무언가가 있는 것처럼 느껴졌다. 그건 어딘지 묘하게 깊고 넓고도 막연한 느낌을 갖게 하는 것이었다.

나는 몇 번인가 숨을 크게 들이마셨다가 내쉬어, 폐 속의 공기를 조용히 갈아넣었다. 조금씩 몸에 정상적인 감각이 돌아왔다. 의식의 아주 깊은 곳에서 카드가 몇 장 살며시 뒤집어지는 듯한, 그런 감각이 느껴졌다.

나는 자리에서 일어나 내려왔을 때처럼 발소리를 죽이고 계단을 올라갔다. 그리고 내가 잠자던 방으로 돌아가 그대로 침대 속으로 파고들었다. 음악이나 말소리는 그 뒤로도 그칠 줄 모르고 이어졌다. 잠이 쉽게 오지 않아, 새벽이 올 때까지 어쩔 수 없이 그 소리를 듣지 않을 수 없었다. 불을 켠 채 침대 머리판에 기대앉아 천장을 올려다보며, 언제 끝날지 알 수 없는 파티의 시끌벅적한 소리에 귀를 기울였다. 그러다가 어느새 나도 모르게 잠이 들었다.

눈을 떴을 때, 문밖에는 비가 내리고 있었다. 조용하고 가는 빗줄기였다. 겨우 땅을 촉촉이 적실 뿐인 비. 봄비였다. 처마 아래에선 파랑어치가 울고 있었다. 시곗바늘은 거의 아홉 시를 가리키고 있었다. 나는 잠옷 바람으로 계단을 내려갔다. 현관홀에서 거실로 통하는 문은, 어젯밤 자기 전에 그곳을 나왔을 때 그대로 열려 있었다. 거실은 조금도 흐트러짐이 없었다. 내가 읽던 책은 소파 위에 엎어놓은 채로 그대로 있었다. 크래커 부스러기조차 그대로 커피 테이블 위에 흩어져 있었다. 예상했던 대로 파티가 열렸던 흔적은 전혀 남아 있지 않았다.

부엌 바닥에서는 마일즈가 몸을 웅크린 채 깊은 잠에 빠져 있었다. 개를 깨워 밥을 주었다. 마치 아무 일도 없었다는 듯이 개는 귀를 쫑긋거리며 우적우적 기세 좋게 사료를 먹었다.

케이시의 집에서 그 이상한 한밤중의 파티가 열린 것은 첫날 밤뿐이었다. 그다음 날부터는 전혀 아무 일도 일어나지 않았다. 고요하고 은밀한 렉싱턴의 밤이 이렇다 할 특징 없이 되풀이되었을 뿐이다. 하지만 나는 그 집에 있는 동안 거의 매일 밤 한밤중에 잠에서 깨어났다. 시각은 언제나 한 시에서 두 시 사이였다. 남의 집에서 혼자 잠을 자자니 신경이 곤두서 있어서 그랬는지도 모르겠다. 어쩌면 그 기묘한 파티를 다시 한 번 맞닥뜨리고 싶었는지도 모르겠다.

한밤중에 눈을 뜨면, 숨소리를 죽이고 어둠 속에 귀를 기울여보았다. 하지만 소리 같은 건 아무것도 들려오지 않았다. 이따금 바람이 불어 정원의 나뭇잎들을 부스럭거리고 지나갈 뿐이었다. 그럴 때면 나는 아래층으로 내려가 부엌에서 물을 마셨다. 마일즈는 늘 같은 자리에서 몸을 웅크리고 잠들어 있다가 내 모습을 보면 반갑다는 듯이 일어나 꼬리를 흔들며, 머리를 내 다리에 비벼댔다.

나는 개를 데리고 거실로 가서 불을 켠 후 방 안을 주의 깊게 살펴보았다. 하지만 거기에는 어떠한 기척도 느껴지지 않았다. 소파와 커피 테이블이 여느 때와 같은 자리에 고요히 나란하게 놓여 있을 뿐이었다. 뉴잉글랜드의 해안 풍경을 그린 멋없는 유화 역시 여느 때와 다름없이 벽에 걸려 있었다. 나는 십 분이나 십오 분쯤 아무 하는 일도 없이 시간을 보냈다. 그리고 방 안에서 어떤 실마리 같은 것을 찾을 수 있지 않을까 싶어 눈을 감고 의식을 집중해보았다. 그러나 아무것도 느낄 수 없었다. 내 주위에는 교외의 고요한 깊은 밤만이 있을 뿐이었다. 화단이 마주 보이는 창문을 열자, 봄꽃의 향기가 풍겼다. 밤바람에 커튼이 아련히 흔들리고, 깊은 숲 속에선 부엉이가 울었다.

케이시가 일주일 후에 런던에서 돌아왔을 때, 나는 그날 밤 벌어졌던 일에 대해서 아무 말도 하지 않기로 마음먹었다. 그 이유는 딱히 잘 설명할 수 없다. 하지만 왠지 케이시에게는 말하지 않는 편이 나을 것 같은 기분이 들었다. 왜인지는 모르겠지만.

"어땠어, 내가 없는 동안 뭐 별다른 일은 없었어?" 케이시는 현관에 들어서자마자 내게 그렇게 물었다.

"아니, 별다른 일은 없었어. 아주 조용했고, 내 일도 잘 봤어." 그건 확실히 사실이었다.

"그거 다행이군. 무엇보다 반갑네" 하고 케이시는 얼굴 가득 희색을 띠며 말했다. 그러고는 가방에서 비싼 몰트위스키를 꺼내어 선물이라며 주었다. 우리는 그대로 악수를 하고

헤어진 다음, 나는 폴크스바겐을 몰고 케임브리지의 아파트
로 돌아왔다.

그로부터 반년 가까이 케이시와 한 번도 만나지 못했다.
전화가 몇 번인가 걸려와 통화는 했다. 제레미의 어머니가
돌아가셔서, 그 과묵한 피아노 조율사는 그 후 줄곧 웨스트
버지니아 주에서 돌아오지 않고 있다는 것이었다. 하지만 나
는 그때 장편소설을 마무리 짓고 있어서, 부득이한 사정이
아닌 한 누군가를 만나거나 외출을 할 만한 여유를 갖지 못
했다. 나는 그동안 하루에 열두 시간 이상씩 책상 앞에 앉아
일을 했고, 집 밖으로 나가도 1킬로미터 범위에서 거의 벗어
나지 않았다.

마지막으로 케이시를 만난 것은 찰스 강의 보트하우스 가
까이에 있는 카페의 테라스에서였다. 산책을 하다가 우연히
그곳에서 그와 딱 마주쳐 함께 커피를 마셨다. 왠지 모르지
만, 케이시는 전에 만났을 때에 비해 깜짝 놀랄 만큼 변해 있
었다. 알아보지 못할 정도였다. 나이가 열 살 정도는 더 들어
보였다. 백발이 불어난 머리는 귀를 덮을 만큼 길게 자라 있

렉싱턴의 유령

었고, 눈 아래가 거무스름한 주머니처럼 처져 있었다. 손등의 주름까지 늘어난 것 같았다. 외모에 꼼꼼히 신경을 쓰던 케이시가 그렇게 변하리라고는 전혀 예상 밖이었다. 어쩌면 병을 앓았는지도 모른다. 하지만 케이시는 아무 말도 하지 않았고, 나 역시 아무것도 묻지 않았다.

제레미는 이제 렉싱턴으로 돌아오지 않을지도 모르겠어, 하고 케이시는 고개를 가볍게 좌우로 저으면서 착 가라앉은 목소리로 내게 말했다. 이따금 전화로 웨스트버지니아 주에 있는 그와 얘기를 하는데, 얘기는 하지만 말이야, 어머니가 돌아가신 충격으로 어쩐지 사람이 변한 것 같아, 하고 그는 말했다. 예전의 제레미와는 달라. 하는 얘기라곤 거의 별자리에 대한 것뿐이지. 처음부터 끝까지 쓸데없는 별자리 이야기 말이야. 오늘은 별자리 위치가 어떻고, 그러니까 오늘은 무엇을 하면 좋고, 무엇을 하면 안 된다느니, 그런 얘기뿐이야. 여기 있을 때는 별 얘기 같은 건 한 번도 한 적이 없었는데 말이야.

"정말 안됐군(I'm really sorry)" 하고 나는 말했다. 그러나 대체 누구에게 하는 말인지, 나도 잘 알 수 없었다.

"우리 어머니가 돌아가셨을 때, 난 겨우 열 살이었어" 하고 케이시는 커피 잔을 바라보며 조용히 말을 꺼냈다. "내겐 형제가 없었기 때문에 아버지와 나 둘만 남겨졌지. 어머니는 어느 해 가을로 접어들던 무렵, 요트 사고로 돌아가셨어. 우리는 그때 어머니가 돌아가신 것에 대해 정신적인 준비가 전혀 안 되어 있었지. 어머니는 젊고 건강하셨거든. 아버지보다 열 살 이상 연하셨어. 그래서 어머니가 언젠가 돌아가실지도 모른다는 생각은 아버지나 나나 전혀 하지 못했어. 그런데 어느 날 갑자기 어머니가 이 세상에서 사라져버린 거야. 갑자기 훌쩍 하고. 마치 연기나 안개 같은 것처럼 말이야. 어머니는 아름답고 총명하신 분이라 다들 좋아했지. 산책을 좋아하셨는데, 아주 우아하게 걸으셨어. 허리를 똑바로 펴고, 턱을 조금 앞으로 든 채 두 손을 뒷짐 지고, 무척 즐거운 표정으로 걸으셨어. 걸으면서 노래도 곧잘 부르셨지. 나는 어머니와 둘이서 함께 걷는 걸 좋아했어. 늘 떠오르는 건, 여름날 아침 신선한 햇빛을 받으며 뉴포트 해변을 걷던 어머니의 모습이야. 바람이 어머니가 입은 긴 여름 원피스 자락을 시원스럽게 펄럭거리고 있었어. 잔 꽃무늬의 면 원피스였지. 그 광경이 마치 사진처럼 뇌리에 박혀 있어.

　아버지는 어머니를 사랑하셨고, 끔찍이 위하셨어. 아마 아들인 나보다도 어머니를 훨씬 깊이 사랑하셨다고 생각해. 아버지는 그런 분이셨지. 당신 손으로 얻은 것을 사랑하는 분이셨어. 아버지에게 나는 자연스럽게 결과적으로 손에 들어온 것이었어. 아버지는 물론 사랑해주셨어. 오직 하나뿐인 아들이었으니까. 하지만 어머니를 사랑한 만큼은 아니었어. 그건 나로서도 잘 알고 있었지. 아버지는 어머니를 사랑한 것처럼은 더는 어느 누구도 사랑하지 않으셨어. 어머니가 돌아가신 후 재혼도 안 하셨으니까.

　어머니의 장례식이 끝난 다음 삼 주일 동안, 아버지는 줄곧 잠만 주무셨어. 과장해서 하는 말이 아니야. 문자 그대로 줄곧 주무셨어. 어쩌다 생각난 듯이 침대에서 휘청거리며 일어나서는, 아무 말도 하지 않고 물을 마시고, 입에다 살짝 점 하나를 찍는 것처럼 음식을 조금만 드셨어. 몽유병자나 유령처럼 말이야. 그렇지만 그것도 잠깐 동안이고, 바로 또 이불을 뒤집어쓰고 주무셨던 거야. 덧창까지 완전히 닫은, 혼탁한 공기가 꽉 찬 캄캄한 방 안에서, 마치 주술에 걸린 잠자는 숲 속의 공주처럼 깊이 잠들어 계셨어. 꿈쩍도 하지 않으셨던 거야. 뒤척이는 건 고사하고 표정 하나 바꾸지 않고 말이야. 불안해진 나는 아버지 곁에 다가가 몇 번이고 확인했지. 혹시 주무시다가 돌아가시지나 않았나 하고 말이야. 나는 아버지의 머리맡에 서서 잠든 얼굴을 뚫어지게 바라보곤 했어.

하지만 돌아가신 것은 아니었어. 아버지는 땅속에 묻힌 돌처럼 깊이 잠들어 계셨을 뿐이었지. 아마 꿈을 꾸지도 않으셨을 거야. 어둡고 조용한 방 안에서, 규칙적으로 색색하는 숨소리만 희미하게 들렸지. 사람이 그렇게 깊고 길게 잠을 잘 수도 있다는 사실을 나는 그때 처음 알았어. 마치 별세계로 가버린 사람처럼 보였지. 무척 두려움에 떨었던 것을 지금도 기억해. 그 큰 저택에 완전히 나만 홀로 남겨진 것 같았고, 의지할 곳 없이 이 세상에 버려진 듯한 느낌이었어.

십오 년 전에 아버지가 돌아가셨을 때, 물론 슬프기는 했지만, 솔직히 말하면 나는 그다지 놀라지 않았어. 돌아가신 아버지의 모습은 깊이 잠들어 계셨던 아버지와 꼭 닮아 보였기 때문이야. 마치 그때 그대로가 아닌가 하고 나는 생각했

렉싱턴의 유령

어. 그것은 일종의 데자뷔였지. 몸속의 뼈대가 다 뒤틀려버리지 않나 하고 느껴질 정도로 강렬한 데자뷔였어. 나는 삼십 년 가까운 세월을 건너뛰어, 과거가 그대로 되살아난 상태 속에 있었어. 다만 이번엔 아버지의 잠든 숨소리가 들리지 않았을 뿐이었지.

나는 아버지를 사랑했어. 이 세상 누구보다도 아버지를 사랑했지. 존경하기도 했지만, 그 이상으로 정신적으로나 감정적으로나, 아버지와 난 단단히 결합되어 있었어. 그래서 이상한 얘기지만, 아버지가 돌아가셨을 때 나도 역시 어머니가 돌아가셨을 때의 아버지와 똑같이 침대에 누워 끝없는 잠의 나락 속으로 빠져들었어. 마치 혈통을 잇는 특별한 의식이라도 계승하는 것처럼 말이야.

아마도 그렇게 계속 이 주일쯤 잤을 거라고 생각해. 나는 자고 자고 자고…… 시간이 썩어서 녹아 없어질 때까지 잤어. 얼마든지 끝없이 잘 수 있을 것 같았어. 아무리 자도 잠이 모자란 거야. 그때의 나에겐 잠의 세계가 진짜 세계고, 현실 세계는 덧없는, 잠시 스쳐 지나가는 세계에 지나지 않았어. 그건 색채를 잃은 천박한 세계였지. 그런 세계에서 더 이상 살고 싶지 않다고까지 생각했어. 어머니가 세상을 떠나셨을 때 아버지가 느끼셨을 심정을, 그때 나는 가까스로 이해할 수 있었던 거야. 내가 하는 말이 무슨 뜻인지 알겠어? 그러니까 어떤 종류의 사물은 다른 모습으로 나타나는 거야. 그것은 다른 형태로 나타나지 않고서는 견딜 수 없는 거지."

케이시는 거기서 잠시 입을 다물고, 무엇인가 생각에 잠겼다. 가을이 끝나가던 무렵이라 모밀잣밤나무 열매가 아스팔트 길 위로 툭툭 떨어지는 메마른 소리가 이따금씩 들렸다.

"한 가지 말할 수 있는 것이 있어" 하고 케이시는 얼굴을 들고, 여느 때처럼 따뜻하고 멋진 미소를 입가에 흘리며 말했다. "내가 지금 여기서 죽는다 해도, 이 세상 어느 누구도 나를 위해 그렇게 깊은 잠을 자주지는 않을 거야."

나는 가끔 렉싱턴의 유령을 떠올린다. 케이시의 오래된 저택의 거실에서, 한밤중에 시끌시끌한 파티를 열고 있던 정체를 알 수 없는 숱한 유령들에 관한 일을. 그리고 덧창을 굳게 닫은 이 층의 침실에서, 예비적인 사자死者처럼 계속 깊은 잠에 빠져 있는 고독한 케이시와 그의 아버지에 관한 일을. 사람을 잘 따르는 개 마일즈와 숨넘어갈 정도로 멋진 레코드 컬렉션에 관한 것을. 제레미가 연주하는 슈베르트와 현관 앞에 세워져 있는 파란 BMW 왜건을. 하지만 그 모든 것들이 아주 먼 과거에, 아주 먼 장소에서 일어났던 일처럼 느껴진다. 바로 얼마 전에 겪은 일인데도.

지금까지 누구에게도 이 이야기를 한 적은 없다. 생각해보면 꽤 기묘한 이야기인데도, 아마도 그 아득함 탓에 나는 그것이 조금도 기묘한 일이라고는 생각되지 않는 것이다.

녹색 짐승

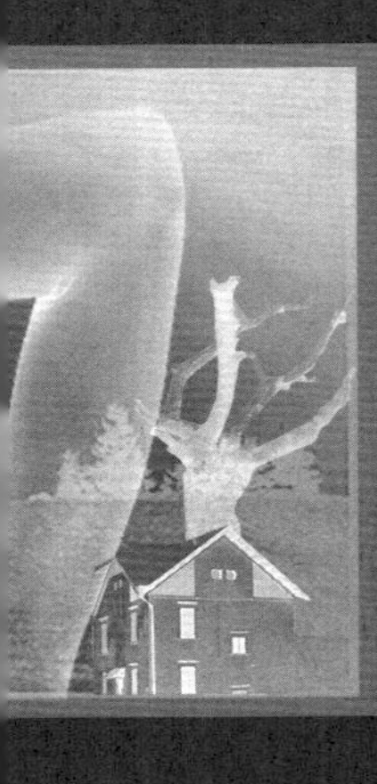

　남편이 여느 때처럼 직장에 나가버리고 나면, 뒤에 남겨진
나에게는 더 할 일이 없었다. 나는 혼자 창가의 의자에 앉아,
커튼 사이로 물끄러미 정원을 바라보고 있었다. 딱히 그래야
할 이유가 있었던 것은 아니다. 달리 아무것도 할 일이 없었
기 때문에, 그저 아무 생각 없이 정원을 보고 있었던 것이다.
그러다 보면 무엇을 해야 좋을지 문득 생각날지도 모른다는
생각에 그렇게 했을 뿐이다. 정원에 있는 이런저런 것들 중
에서도 나는 특히 한 그루 모밀잣밤나무를 바라보고 있었다.
어릴 적부터 나는 그 모밀잣밤나무를 좋아했다. 나는 그 나
무를 어린 시절 그곳에 심었고, 커가는 모습을 지켜봐왔다.
그래서 그 모밀잣밤나무를 마치 친구처럼 생각하고 있었다.
나는 때로 그 나무와 대화도 나누었다.

　그때도 나는 아마 마음속으로 나무와 대화를 하고 있었을
것이라고 생각한다. 무슨 말을 했는지는 잘 생각나지 않지

녹색 짐승

만. 얼마나 오랫동안 거기에 앉아 있었는지도 모르겠다. 정원을 보고 있으면 시간이 가는 줄도 모르게 하염없이 흘러가 버린다. 그렇지만 주위가 완연히 어두워진 것으로 보아 나는 무척 오랫동안 거기에 있었던 모양이다. 문득 주의해서 들어보니, 어딘가 아득히 먼 곳에서 소곤소곤하는, 기묘하게 우물거리는 것 같은 소리가 들려왔다. 처음에는 그것이 마치 나 자신의 몸속에서 들려오는 것처럼 느껴졌다. 어떤 환청처럼. 몸이 자아내는 암흑의 징조처럼. 나는 숨을 멈추고 그 울림에 가만히 귀를 기울였다. 그 소리는 조금씩, 그러나 확실하게 내가 있는 쪽으로 다가오고 있었다. 도대체 무슨 소리인지, 나로서는 짐작조차 할 수 없었다. 그러나 그 소리는 소름이 돋을 정도로 무서운 울림으로 들려왔다.

이윽고 모밀잣밤나무의 밑동 근처의 땅이, 마치 묵직한 물이 지표로 솟구칠 듯한 모양으로 스멀스멀 부풀어올랐다. 나는 마른침을 삼켰다. 땅이 갈라지고, 부풀어오른 흙이 흘러내리며, 그 속에서 끝이 뾰족한 손톱 같은 것이 모습을 드러냈다. 나는 주먹을 꽉 쥐고, 그게 무엇인가 하고 뚫어지게 응시했다. 무슨 일인가가 벌어지려고 하는 게 분명했다. 그 손톱은 엄청난 기세로 흙을 파헤쳐갔고, 구멍은 점점 더 커져 갔다. 그리고 그 구멍 속에서 녹색 짐승이 엉금엉금 기어나 왔다.

짐승은 몸 전체가 번쩍번쩍 빛을 내는 녹색 비늘로 덮여 있었다. 짐승은 흙 속에서 나오자 부르르 몸을 떨어, 비늘에 묻은 흙을 털어냈다. 코가 기묘하게 길고 끝으로 갈수록 녹색이 짙어졌다. 그리고 코의 끝부분은 채찍처럼 가늘고 뾰족했다. 그러나 짐승의 눈만은 인간의 눈처럼 생겨서, 그것이 나를 소름끼치게 했다. 그 눈에는 확실히 감정이라고 할 만한 것이 서려 있었다. 내 눈이나 당신의 눈처럼.

짐승은 그 상태로 천천히 현관으로 다가와서, 날카로운 코 끝으로 문을 두드렸다. 똑똑 똑똑, 문을 두드리는 건조한 소리가 집 안에 울려퍼졌다. 나는 짐승이 눈치채지 못하도록 발소리를 죽이고, 안쪽 방으로 이동했다. 비명을 지를 수조차 없었다. 근처에는 다른 집이 한 채도 없는 데다 직장에 나간 남편은 한밤중까지 돌아오지 않는다. 뒷문으로 도망칠 수도 없었다. 우리 집에는 문이 하나밖에 없는데, 그 문을 저 기분 나쁜 짐승이 두드리고 있는 것이다. 나는 가만히 숨을 죽이고 아무도 없는 척을 했다. 짐승이 단념하고 어딘가로 가버릴 것을 기대하며. 하지만 짐승은 단념하지 않았다. 짐승은 코끝을 더욱 가늘게 하고 그것을 열쇠 구멍에 넣어 안을 바스락바스락 뒤적거리다, 결국 간단히 문을 열고 말았다. 딸깍하는 소리와 함께 자물쇠가 풀렸고, 문이 살짝 열렸다. 그 틈새로 코가 서서히 비집고 들어왔다. 코는 한참 동안 마치 뱀이 대가리를 쑤셔넣어 주위를 살피듯 문틈 사이로 집안을 살폈다. 이럴 줄 알았으면 칼을 가지고 문 옆으로 가서 그 코끝을 싹둑 잘라버릴걸 하고 나는 생각했다. 부엌에는 잘 드는 칼이 여러 자루 있었다. 그러나 짐승은 내 생각을 알아차린 것처럼 히죽히죽 웃음을 띠었다. 당신, 그래봐야 헛수고라라라고요, 하고 녹색 짐승은 말했다. 짐승의 말투는 어딘가 조금 기묘하게 느껴졌다. 말을 잘못 기억하기라도 한 것처럼. 이건요, 도마뱀의 꼬리 같아아아아서요, 아무리 잘라도 잘라도 자꾸자꾸 자라나안다고요. 게다가 잘릴 때마다 더 길고 트튼튼해져어요. 해봤봤봤자 그만만만큼 허헛수고랍니다. 그리고 짐승은 말을 마치고 그 섬뜩한 눈을 팽이처럼 오랫동안 빙글빙글 돌리고 있었다.

　이놈은 사람의 마음을 읽을 수 있는 걸까, 만약 그렇다고 한다면 성가신 일이 생겼네, 하고 나는 생각했다. 나는 누군가가 내 마음을 제멋대로 읽어내는 건 참을 수 없다. 더욱이 상대가 정체를 알 수 없는 징그러운 짐승일 경우에는. 나는 온몸이 식은땀으로 축축하게 젖었다. 저놈은 대체 날 어떻게 하려는 걸까. 나를 잡아먹으려는 걸까. 아니면 나를 땅속으로 끌고 가려는 건가. 그 어느 쪽이 됐건, 그나마 저놈이 쳐다보는 것조차 참을 수 없을 만큼 흉측하게 생기지 않은 게 다행스러웠다. 녹색 비늘 사이로 쑥 튀어나온 껑충하게 생긴 분홍색 손발에는 기다란 손톱과 발톱이 나 있었는데, 그건 그냥 무심코 슬쩍 쳐다보면 귀엽기까지 했다. 게다가 자세히 살펴보니 그 짐승은 어쩐지 내게 악의나 적의를 품은 것 같지는 않았다.

　당연하지지이요, 하고 그놈이 고개를 갸웃거리며 말했다. 짐승이 고개를 갸웃하자 녹색 비늘이 달그락달그락 달그락 달그락 하고 소리를 냈다. 마치 커피 잔이 가득 놓인 테이블을 가볍게 흔든 것처럼. 내가 당신으으을 먹거나 할 리가 어없잖아요. 너무해에요. 다당신 대체 무얼 말하고 있는 거예

　　　　　녹색 짐승

요, 나에겐 아무런 적의도 악의도 없어요. 그런 짓을 할 까닭이 없잖아요, 하고 짐승은 말했다. 그래, 확실하다, 역시 저놈은 내가 무슨 생각을 하는지 다 아는 거야.

저, 보세요. 부인, 부인. 나는 여기에 프러포즈하러 왔어어요. 아시겠어어요? 아주 깊은 깊은 데에서 일부러 여기까지 기어올라온 거란 말이에에요. 정말 힘들었어어요. 흙도 얼마나 많이 팠는데에요. 손톱까지 벗겨어진 것 좀 보세요. 만약 내게 악의가 있었거나 한다면, 악의가 있었거나나 한다면, 악의가 있었거나 한다면 그렇게 힘든 일을 할 터억이 없잖아아요. 나는 그저 당신이 좋아서, 좋아서 차차참을 수가 없어서 여기까지 온 것뿐이에에요. 나는 저 아래 깊고 깊은 곳에서 당신을 사모하고 있었어어요. 그러다 더 이상 참을 수가 없어서 여기로 기기어올라온 거예요. 모두 말렸어요. 하지만 나는 참을 수 없었었었어요. 꽤 용기도 피필요했어요. 너 같은 하찮은 지짐승이 나한테 프러포즈를 하다니 뻔뻔스럽구나, 라고 하실까 봐서요.

그렇지만 그러는 게 당연하잖아, 하고 나는 속으로 생각했다. 나에게 프러포즈를 하다니, 정말 뻔뻔스럽기 짝이 없는 짐승이 아닌가 하고 나는 생각했다.

그러자 짐승의 얼굴에 휙 슬픈 빛이 감돌았다. 그리고 그 슬픔을 드러내듯이 짐승의 비늘이 자줏빛으로 변했다. 게다가 몸까지도 한결 쪼그라들어 작아져버린 듯했다. 나는 팔짱을 끼고 그 작아진 짐승의 모습을 가만히 바라보았다. 어쩌면 이 짐승은 감정의 변화에 따라 모습을 척척 바꿀 수 있는지도 모른다. 그리고 저 무섭고 꼴사나운 몰골에 비하면, 그 마음은 금방 구워낸 마시멜로처럼 부드러워 쉽게 상처 받는지도 모른다. 만약 그렇다면 내게도 승산은 있다. 다시 한 번 시험해보자고 나는 생각했다. 그렇지만 너는 꼴사나운 짐승이 아닌가, 하고 나는 다시 한 번 큰 소리로 생각해보았다. 내 마음이 윙윙 울릴 정도로 큰 소리로. 너는 꼴사나운 짐승에 불과하잖아. 그러자 짐승의 비늘이 점점 진한 자줏빛으로 변해갔다. 그 눈은 내 악의를 빨아들인 듯이 점점 부풀어 오르더니, 마치 무화과 열매처럼 얼굴 표면으로 튀어나왔고, 거기서 빨간 물 같은 눈물이 뚝뚝 소리를 내며 흘러내렸다.

나는 더 이상 짐승이 무섭다고는 생각되지 않았다. 나는 시험 삼아 내가 생각할 수 있는 가장 잔혹한 장면을 머릿속에 떠올려보았다. 커다란 의자에 철사로 짐승을 꽁꽁 묶어놓고 뾰족한 핀셋으로 녹색 비늘을 하나하나 쥐어뜯거나, 잘 드는 칼을 빨갛게 될 때까지 불에 달궈서 통통하고 부드러워 보이는 복숭앗빛 장딴지를 여러 차례 세게 그어보기도 하고, 벌겋게 달군 납땜인두로 무화과같이 튀어나온 눈을 힘껏 푹 찔러보기도 했다. 내가 그런 장면을 머릿속으로 하나하나 상상할 때마다, 짐승은 실제로 그런 고통을 당하기라도 하는 것처럼 고통에 몸을 뒤틀고, 애처로운 비명을 지르고, 몸부림치며 괴로워했다. 끔찍한 색깔의 눈물을 흘리거나, 끈적끈적한 체액 같은 것을 바닥으로 뚝뚝 떨어뜨리거나, 귀에서 장미향이 나는 회색 가스를 뿜어내기도 했다. 그러고는 통통 부어오른 눈으로 나를 원망스럽다는 듯이 뚫어지게 바라보았다. 저, 부인, 제발 부탁이에에요, 이렇게 애애원하는데, 그런 끄끔찍한 일은 생각지 말아주세요, 하고 짐승은 말했다. 설사 생각일 뿐이라 해해해도 그런 생각은 하지 말아주세요, 하고 그 짐승은 애처롭게 말했다. 나는 전혀 나쁜 마음은 어없없어요. 난 나쁜 짓은 하지 않아요. 나는 그저 당신을 사사랑했을 뿐이라고오요. 하지만 나는 그런 변명에는 귀 기울이지 않았다. 장난이 아냐, 넌 우리 집 정원으로 난데없이 기어올라와서 아무런 허락 없이 멋대로 우리 집 문의 자물쇠를 따고 집 안으로 들어오지 않았냔 말이야, 하고 나는 생각했다. 내가 찾아와달라고 널 초대한 적은 없어. 게다가 나는 무엇이든 내 맘대로 생각할 권리가 있어. 그리하여 나는 더욱더 무자비한 일을 생각해냈다. 나는 각종 기계나 기구를 써서 짐승의 몸을 들볶고 난도질했다. 생명 있는 존재를 괴롭히고 몸부림치게 할 수 있는 온갖 방법을 나는 생각해냈다. 나 좀 봐 짐승, 너는 여자라는 존재를 잘 몰라. 그런 종류의 일이라면 나는 얼마든지, 얼마든지 생각해낼 수 있어. 그렇게 생각하고 있는데, 어느 결에 짐승의 윤곽이 어렴풋이 흐려지고, 그 멋진 녹색 코까지 지렁이처럼 스르르 쪼그라들어버렸다. 짐승은 바닥 위에서 꿈틀거리면서, 입을 움직여 마지막으로 내게 무슨 말인가 하려고 했다. 무언가 아주 중요한, 말하는 걸 잊고 있었던 오랜 메시지를 내게 전하려는 듯이 엄숙하게. 그러나 짐승의 입은 고통스럽게 움직임을 멈추었고, 이윽고 아련하게 점점 희미해지더니 사라져버리고 말았다. 짐승의 모습은 해질녘의 그림자처럼 희미해지고, 애

녹색 짐승

처롭게 부어오른 눈만이 아쉬움을 떨칠 수 없다는 듯이 공중
에 남아 있었다. 그래봐야 소용없어, 하고 나는 생각했다. 무
엇을 보든 이제 넌 아무 소용이 없어. 너는 이제 아무 말도
할 수 없어, 네가 할 수 있는 것은 아무것도 없어. 너란 존재
는 이제 완전히 끝나버린 거야. 그러자 짐승의 눈마저 허공
속으로 사라져버리고, 밤의 어둠만이 소리 없이 방 안에 가
득 찼다.

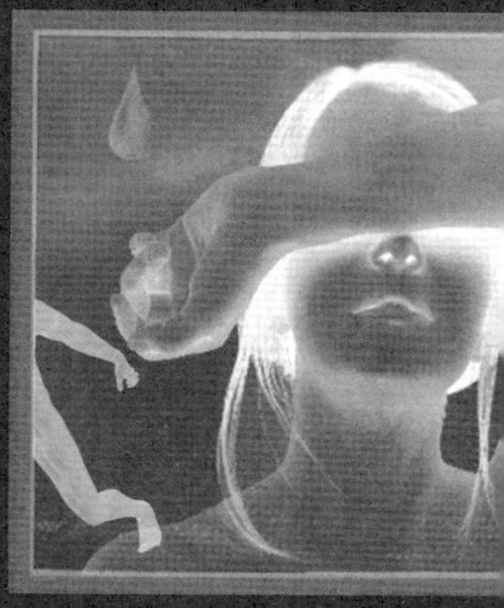

침묵

나는 오자와 씨를 보고, 지금까지 싸우다 누군가를 때린 적이 있습니까, 하고 물어보았다.

오자와 씨는 뭔가 눈부신 것이라도 보는 듯이 눈을 가늘게 뜨고 내 얼굴을 바라보았다.

"왜 그런 걸 묻는 겁니까?" 하고 그는 말했다.

그 눈빛은 아무리 생각해도 평소의 그답지 않았다. 그의 눈에는 뭔가 번쩍하고 빛을 쏘아대는 듯한 생생함이 있었다. 하지만 그것도 아주 일순간의 일이었다. 그는 그 빛을 바로 안으로 감추고 평소의 온화한 표정으로 되돌아왔다.

특별히 깊은 뜻은 없어요, 하고 나는 말했다. 그건 정말 별다른 뜻이 없는 질문이었던 것이다. 그저 아주 단순한 호기심이 내게 그런 질문을―아마도 쓸데없는 질문을―하게 했을 뿐이다. 나는 바로 화제를 바꿨다. 하지만 오자와 씨는 내 이야기에 그다지 관심을 보이지 않았다. 그는 뭔가에 대해

골똘히 생각하는 것 같았다. 뭔가 참고 있는 것 같기도 했다. 뭔가 망설이고 있는 것 같기도 했다. 나는 하는 수 없이 멍하니 창밖에 늘어선 은빛 제트여객기를 바라보았다.

애초에 내가 그런 질문을 하게 된 계기는 그가 중학교에 입학한 무렵부터 지금까지 줄곧 권투도장에 다니고 있다는 이야기를 했기 때문이었다. 비행기가 출발하기를 기다리는 동안 시간을 죽이려고 이러저러한 세상 이야기를 두서없이 나누다가 무심코 튀어나온 말이었다. 그는 서른한 살인데, 지금도 여전히 일주일에 한 번은 꼭 도장에 가서 트레이닝을 한다고 했다. 대학에 다닐 때는 학교 대항경기의 대표선수로 여러 번 발탁되기도 했다. 전국체육대회 선수로 뽑힌 적도 있단다. 나는 그 이야기를 듣고, 약간 의외라는 느낌을 받았다. 그때까지 몇 번인가 함께 일을 해왔지만, 오자와 씨가 이십 년 가까이 권투를 계속했을 만한 인물로는 보이지 않았기 때문이다. 그는 침착하고, 무슨 일이든 주제넘게 참견하지 않는 과묵한 사람이었다. 성실하고 참을성이 강했으며, 누구에게 무리하게 어떤 일을 강요하는 듯한 행동은 단 한 번도 하지 않았다. 아무리 바쁜 때에도 거칠게 소리친다든가, 눈

살을 찌푸리는 법이 없었다. 다른 사람의 욕을 하거나 투덜거리는 것을 들은 적도 없었다. 말하자면 누구나 호감을 갖지 않을 수 없는 사람이었다. 겉모습만 해도 아주 온후하고 여유가 넘쳐서 공격성과는 거리가 멀었다. 그런 사람이 권투와 어떤 접점에서 결부되었는지 쉽게 상상할 수가 없었다. 그래서 문득 그런 질문을 해버렸던 것이다.

우리는 공항의 레스토랑에서 커피를 마시고 있었다. 오자와 씨와 나는 함께 니가타에 가려던 참이었다. 십이월 초엽의 하늘엔 뚜껑이라도 씌운 듯 구름이 무겁게 잔뜩 끼어 있었다. 니가타에는 아침부터 눈이 많이 내리고 있는 모양으로, 비행기 출발 시간이 예정보다 꽤 늦어질 것 같았다. 공항은 사람들로 북적거리고 있었다. 확성기 방송은 연신 항공편의 운항이 지연될 거라고 안내하고 있어, 발이 묶인 사람들은 지친 표정을 얼굴에 드러내고 있었다. 레스토랑 안의 난방시설은 약간 더운 편이어서, 나는 줄곧 손수건으로 땀을 닦아냈다.

"기본적으로는 한 번도 없어요." 오자와 씨가 한참 침묵하고 있다가 별안간 그렇게 말했다. "난 권투를 시작한 이후 사람을 때린 적은 한 번도 없습니다. 그건 권투를 시작할 때 귀에 못이 박힐 정도로 듣고 철저하게 배우죠. 글러브를 끼지 않고 링 밖에서 사람을 때리면 절대 안 된다고요. 보통 사람이라면 누군가를 친다고 해도, 특별한 경우가 아니면 별 탈이 안 나지요. 하지만 권투를 한 사람의 경우에는 일이 단순하게 끝나지 않아요. 그건 흉기를 사용하는 거나 마찬가지 행위니까요.”

나는 고개를 끄덕였다.

“하지만 솔직히 말해서, 딱 한 번 사람을 때린 적이 있어요” 하고 오자와 씨는 말했다. “중학교 2학년 때였어요. 막 권투를 배우기 시작하던 무렵이었죠. 변명은 아니지만, 그때 나는 미처 권투 기술이라고 할 만한 건 하나도 배운 게 없었어요. 당시 내가 도장에서 하고 있었던 것은 기초 체력을 다지기 위한 메뉴뿐이었습니다. 줄넘기랄지 스트레칭이랄지 러닝이랄지, 뭐 그런 것뿐이었습니다. 더구나 치려고 마음먹고 친 것도 아니었어요. 나는 단지 그때 엄청 화가 나서 뭔가 생각할 겨를도 없이, 손이 먼저 퍽 하고 뻗어나간 거였어요. 멈출 수도 없었어요. 정신을 차리고 보니 이미 상대를 후려

갈긴 뒤였죠. 치고 난 뒤에도 분노가 사그라지지 않아 계속 몸이 부들부들 떨리고 있었어요."

오자와 씨가 권투를 시작한 계기는 작은아버지가 권투도 장을 하고 있었기 때문이었다. 그것도 어디서나 볼 수 있는 엉성한 거리의 도장이 아니고, 동양 챔피언까지 배출한 적 있는 어엿한 일류급의 탄탄한 도장이었다. 오자와 씨의 부모 님은 그에게 몸을 단련하기 위해 그 도장에 다녀보는 게 어 떻겠냐고 권했다. 그들은 아들이 늘 방에 틀어박혀 책만 읽 는 것을 걱정했던 것이다. 오자와 씨는 권투를 배우는 일이 별로 내키지는 않았지만, 작은아버지를 인간적으로 좋아하 는 데다 뭐 좀 해봐도 좋겠지, 정 싫으면 그때 가서 그만두면 되지 뭐, 하는 가벼운 기분으로 권투를 시작했다. 그런데 전 철로 한 시간이나 걸리는 작은아버지의 도장에 몇 달쯤 다니 다 보니까 의외로 권투에 마음이 끌리게 되었다. 권투에 끌 리게 된 가장 큰 이유는 그것이 기본적으로 과묵한 스포츠이 기 때문이었다. 또한 지극히 개인적인 스포츠이기 때문이기 도 했다. 그것은 이제까지 본 적도 접한 적도 없는 전혀 새로 운 세계였다. 그 세계는 까닭 모르게 그의 가슴을 두근거리

침묵

게 했다. 나이 많은 남자들의 몸에서 뿜어나오는 땀 냄새며, 글러브의 가죽이 맞닿을 때 턱턱턱 하고 나는 팽팽한 소리나, 근육을 효과적으로 잽싸게 쓰기 위해 사람들이 과묵하게 몰두하는 모습이 그의 마음을 조금씩, 그러나 확실하게 사로잡아갔다. 매주 토요일과 일요일에 도장에 가는 것은 이제 그에게 몇 안 되는 즐거움 중의 하나가 되었다.

"내가 권투를 좋아하게 된 이유 중의 하나는 거기에 깊이가 있기 때문이에요. 그 깊이가 나를 사로잡았습니다. 그것에 비하면 때리는 거나 맞는 것 따위는 그야말로 아무래도 좋은 것입니다. 그런 건 단지 결과에 지나지 않습니다. 사람은 이길 때도 있고, 질 때도 있는 것입니다. 하지만 그 깊이를 이해하고 있으면, 설사 진다고 하더라도 상처 받지는 않습니다. 사람이 모든 일에 이길 수만은 없는 법이지요. 사람이란 언젠가는 반드시 지게 마련입니다. 중요한 건 그 깊이를 이해하는 것이지요. 권투는—적어도 나한테 있어서는—그러한 행위였습니다. 글러브를 끼고 링 위에 오르면 때때로 나 자신이 깊은 구덩이의 밑바닥에 있는 듯한 느낌이 듭니다. 끔찍하게도 깊은 구덩이입니다. 아무도 보이지 않고, 누구도 나를 볼 수 없을 만큼 깊습니다. 그 속에서 나는 어둠을 상대로 싸우고 있습니다. 고독합니다. 하지만 슬프진 않습니다." 그는 말했다. "한마디로 고독이라고 말했지만 고독에도 여러 종류가 있습니다. 신경이 갈기갈기 찢기듯 쓰리고 아픈 고독이 있습니다. 그리고 그렇지 않은 고독도 있습니다. 그런 고독을 얻기 위해서는 자신의 육신을 깎지 않으면 안 됩니다. 하지만 노력하면 그만큼 돌아옵니다. 그것이 내가 권투에서 배운 것 중의 하나였습니다."

오자와 씨는 그대로 이십 초쯤 말이 없었다.

"사실 나는 이 얘기를 하고 싶지 않아요" 하고 그는 말했다. "할 수만 있다면 이런 얘기는 깨끗이 잊어버리고 싶다는 게 내 생각입니다. 하지만 물론 잊어버릴 수 없습니다. 잊어버리고 싶은 건 절대로 잊히지 않죠." 오자와 씨는 그렇게 말하고 웃었다. 그리고 손목시계를 들여다보았다. 시간은 아직 충분했다. 그는 천천히 이야기를 시작했다.

◉

오자와 씨가 그때 때린 남자아이는 같은 반 동급생이었다. 아오키가 그 애의 이름이었다. 오자와 씨는 처음부터 그 애가 싫었다. 왜 그렇게 싫은지 자기도 알 수 없었지만, 아무튼 처음 봤을 때부터 그 애가 너무나 싫었다. 누군가를 그 정도로 철저히 싫어한 것은 태어나서 처음 겪는 일이었다.

"그런 일은 누구나 있잖아요?" 하고 그는 말했다. "누구에게나 어떤 사람에게나 일생에 한 번쯤은 그런 일이 있을 거라고 생각합니다. 이유 없이 누군가가 싫어지는 일 말이에요. 나는 이유 없이 남을 싫어하는 사람은 아니라고 생각했는데, 그래도 역시 그런 상대가 있더군요. 딱히 그럴 만한 이유가 있었던 건 아닙니다. 그런데 문제는 대개의 경우, 상대방도 이쪽과 비슷한 감정을 품고 있다는 거죠.

아오키는 공부를 잘하는 아이였어요. 대부분의 경우 최고의 성적을 받았습니다. 내가 다니던 학교는 남자만 다니는 사립학교였는데, 그 애는 꽤 인기 있는 학생이었어요. 반에서도 뛰어난 학생으로 인정했고, 선생님들도 귀여워했습니다. 성적이 뛰어난데도 잘난 척하지 않고, 서글서글한 성격에 농담 같은 것도 잘했습니다. 게다가 정의의 수호자처럼 행동하는 구석도 있었고…… 하지만 나는 그런 모습 뒤에 언뜻 비치는 요령 좋은 성격과 본능적으로 이해타산에 밝은 모습이 역겨워서 참을 수가 없었습니다. 구체적으로 어떤 거냐고 물으면 대답하기 곤란합니다. 구체적인 예를 들 수 없기 때문입니다. 그저 나는 그걸 알아버렸다고밖에는 말할 수가 없습니다. 나는 그 애의 몸에서 발산되는 에고와 프라이드 냄새를 더는 본능적으로 참을 수 없었습니다. 누군가의 체취를 생리적으로 참을 수 없는 것이나 마찬가지겠지요. 아오키는 머리가 좋은 아이였기 때문에 그런 냄새를 교묘하게 지워버리고 있었습니다. 그래서 같은 반 아이들은 그 애를 꽤 괜찮은 녀석이라고 생각했지요. 나는 그런 의견을 들을 때마다—물론 쓸데없는 애긴 전혀 하지 않았지만—어쩐지 굉장히 불쾌한 기분이 되었습니다.

아오키와 나는 모든 면에서 대조적이었습니다. 나는 어느 쪽이냐면 말수가 적고, 반에서도 별로 눈에 띄지 않는 아이였습니다. 원래 눈에 띄는 걸 그다지 좋아하지 않았고, 혼자 있어도 별로 힘들지 않았거든요. 물론 친구라고 할 만한 애들도 몇 명은 있었습니다만, 그다지 깊게 사귀지는 않았습니다. 나는 어떤 의미에서는 조숙한 아이였던 것 같습니다. 반 아이들과 어울리기보다는 혼자서 책을 읽거나, 아버지가 가지고 있던 클래식 레코드를 듣거나, 권투도장에 다니면서 형들이 해주는 이야기를 듣는 편이 좋았으니까요. 보시다시피 체구만 해도 그다지 눈에 띄는 편이 아니지요. 성적도 그다지 나쁜 편은 아니었지만, 그렇다고 특별히 잘하는 것도 아니어서 선생님들은 내 이름을 잊어먹기 일쑤였어요. 난 그런 타입이었던 것입니다. 그래서 나도 그다지 나 자신을 내세우지 않으려고 애썼습니다. 권투도장에 다니고 있는 것도 아무한테도 말하지 않았고, 읽은 책이나 들은 음악 얘기도 하지 않았습니다.

그에 비하면 아오키란 아이는 무슨 일을 해도 진흙 구렁 속의 백조처럼 눈에 잘 띄었습니다. 아무튼 머리가 좋았으니까요. 나도 그건 인정합니다. 머리 회전이 빠른 것입니다. 상대가 무엇을 원하는지, 무슨 생각을 하는지, 손바닥 들여다보듯 척척 알아버리는 거죠. 그러고는 그에 따라 교묘하게 자신의 대응 방법을 바꿔나가는 겁니다. 그러니 다들 아오키에게 감탄할 수밖에 없지요. 정말 머리도 좋고 대단한 녀석이야, 하고 말입니다. 하지만 나는 감탄하지 않았습니다. 아오키라는 녀석은 내가 보기에는 천박하기 짝이 없었으니까요. 그런 게 머리가 좋은 거라면 나는 머리 같은 건 안 좋아도 상관없다고까지 생각했습니다. 확실히 면도날처럼 예리한 아이였죠. 하지만 그 애에게는 자기 자신이라는 것이 없었습니다. 다른 사람들에게 이것만큼은 꼭 주장하고 싶다든가 하는 게 없었습니다. 그저 자신이 모든 사람에게 인정을 받으면 그것으로 만족하는 겁니다. 그런 자신의 재간에 스스로 도취되는 거지요. 바람 부는 대로 주위 사람들의 눈치를 보며 그저 빙글빙글 도는 것뿐입니다. 하지만 아무도 그걸 눈치채지 못했습니다. 그걸 알아챈 건 아마도 나 혼자뿐이었을 겁니다.

아오키 역시도 그 같은 내 생각을 어렴풋이 알고 있었을 거라고 생각됩니다. 눈치 빠른 아이였으니까요. 게다가 그 애는 왠지 모르게 나를 언짢게 생각하고 있지 않나 하는 느낌이 들었습니다. 나는 바보는 아닙니다. 대수로운 인간은 아니지만, 그래도 바보는 아닙니다. 자랑은 아니지만, 나는 그 무렵부터 나 자신만의 세계라는 걸 지니고 있었습니다. 우리 반에서 나만큼 책을 많이 읽은 사람은 없었을 거라고 생각합니다. 그땐 어려서 나로서는 잘 감추고 있다고 생각했지만, 아마도 자연히 그런 걸 속으로 자랑하면서 다른 애들을 얕보았던 구석이 있었던 것 같습니다. 그리고 그런 무언의 자부심 같은 것이 아오키를 자극하지 않았나 싶습니다.

어느 날인가 내가 기말고사의 영어 과목에서 1등을 했습니다. 시험에서 1등을 한 건 나로서는 그때가 처음이었습니다. 우연히 그렇게 된 건 아닙니다. 그때 뭔가 꼭 갖고 싶은 것이 있었는데—그게 뭐였는지는 도무지 기억나지 않습니다만—만약 시험에서 한 과목이라도 1등을 하면 부모님께서 그걸 사주겠다고 약속을 하셨거든요. 그래서 나는 어떻게 해서든 영어 시험에서 반드시 1등을 해야 한다는 각오로 철저하게 공부를 했습니다. 시험 범위를 샅샅이 모두 체크했습니다. 틈만 나면 동사 활용을 외웠습니다. 교과서 한 권을 통째로 외울 정도로 되풀이해 읽었습니다. 그러니 만점에 가까운 점수를 받아 1등이 된 게 내겐 전혀 이상한 일이 아니었지요. 당연한 일이었습니다.

　하지만 다들 깜짝 놀랐습니다. 선생님도 놀란 것 같았습니다. 아오키도 적지 않게 충격을 받은 눈치였습니다. 그때까지 아오키는 영어 시험에서 줄곧 1등을 도맡아왔기 때문이었습니다. 선생님은 답안지를 돌려주면서 그 이야기를 농담처럼 하면서 아오키를 놀렸습니다. 아오키는 얼굴이 새빨개졌습니다. 틀림없이 자신이 웃음거리가 된 듯한 기분이 들었던 것이겠지요. 선생님이 무슨 말을 했었는지 잊어버렸지만, 며칠 뒤에 아오키가 나에 관해 뭔가 좋지 않은 소문을 퍼뜨리고 있다고 누군가가 알려주었어요. 내가 시험에서 커닝을 했다는 것이었습니다. 그러지 않고서야 내가 1등을 했을 리가 없다는 것이었습니다. 나는 그 얘기를 몇몇 반 아이들에게서 들었습니다. 나는 그 얘기를 듣고 몹시 화가 치밀었습니다. 사실 그런 것은 웃어넘기고 묵살해버렸으면 좋았을 텐데 나는 그때 중학생에 불과해서 그렇게까지 냉정하게 행동할 수 없었어요. 그래서 나는 어느 날 점심시간에 인적 없는 곳으로 아오키를 데리고 나가서, 이런 이야기를 들었는데 대체 어떻게 된 거냐고 따졌어요. 아오키는 내 말에 시치미를 뚝 떼면서 얼버무렸습니다. 야, 이상한 트집 잡지 마, 하고 그 애는 말했습니다. 너한테 이러쿵저러쿵 얘기 들을 이유 없어. 어쩌다 1등 한번 했다고 우쭐거리지 마. 그렇게 그 애는 내뱉었습니다. 그리고 나를 가볍게 치듯이 밀치며 저쪽으로 가려고 했습니다. 틀림없이 나보다도 자기가 키도 크고, 체격도 좋고, 힘도 세다고 생각했던 것 같습니다. 내가 반사적으로 아오키를 친 것은 그때였습니다. 정신이 들었을 때, 나는 아오키의 왼쪽 뺨을 향해 있는 힘껏 스트레이트를 날리고 있었습니다. 아오키는 옆으로 쓰러졌고, 그 바람에 벽에 머리를 부딪혔습니다. 쾅 하고 큰 소리가 날 정도였습니다. 코피가 터져나와 아오키의 흰 셔츠 앞자락이 흠뻑 젖었습니다. 그 애는 자리에 주저앉은 채 얼빠진 눈으로 나를 보았습니다. 아마 깜짝 놀라서 무슨 일이 일어난 건지도 모른 채 어리둥절해 있는 것 같았습니다.

그렇지만 내 주먹이 그 애의 광대뼈에 닿는 순간부터 나는 그 애를 친 것을 후회했습니다. 이래봤자 아무 소용 없다는 걸 나는 그 한순간에 깨달았습니다. 나는 한동안 계속 분노에 몸을 떨었습니다. 하지만 내가 바보 같은 짓을 저질렀다는 걸 스스로 잘 알고 있었습니다.

나는 아오키에게 사과할까, 하고 생각했습니다. 하지만 사과할 수 없었습니다. 상대가 아오키만 아니었어도 나는 그 자리에서 정식으로 사과했을 겁니다. 하지만 아오키 녀석에게만은 아무래도 사과할 마음이 나지 않았습니다. 나는 아오키를 때린 일이 후회되긴 했지만, 그 애에게 나쁜 짓을 했다는 생각은 눈곱만큼도 들지 않았습니다. 그런 놈은 두들겨 맞아도 싸다고 생각했습니다. 해충 같은 놈이다, 이런 놈은 누군가 짓밟아버려도 싸다고 생각했습니다. 하지만 그 애를 때려야 하는 사람이 나는 아니다, 이것은 직관적인 진리였습니다. 하지만 이미 너무 늦어버렸습니다. 나는 이미 상대를 때려버렸으니까요. 나는 아오키를 그곳에 남겨둔 채 자리를 떴습니다.

오후 수업에 아오키는 나타나지 않았습니다. 아마 그대로 집으로 돌아갔나 보다고 나는 생각했습니다. 찝찝한 기분이 머릿속에서 떠나지 않았습니다. 무슨 일을 해도 마음이 편치 않았습니다. 음악을 듣거나 책을 읽어도, 조금도 즐겁지 않았습니다. 뱃속에 뭔가 거무튀튀한 게 고여 있는 것 같고, 조금도 집중할 수 없었습니다. 마치 지독한 냄새가 나는 벌레를 삼켜버린 것 같은 기분이었습니다. 나는 침대에 누워 가만히 내 주먹을 바라보았습니다. 그리고 나는 왜 이렇게 고독할까, 하고 생각했습니다. 나를 이런 기분에 빠져들게 한 아오키란 녀석이 전보다 더 격렬하게 미워졌습니다."

"아오키는 이튿날부터 줄곧 나를 무시하려고 애쓰는 것 같았습니다. 나 같은 건 존재하지도 않는 것처럼 굴었습니다. 그리고 예전처럼 변함없이 시험에서 1등을 차지해갔습니다. 나는 두 번 다시 시험공부에 열중하지 않았습니다. 그런 건 내게 아무래도 좋은 일처럼 생각되었기 때문입니다. 그래서 공부는 낙제를 면할 정도로만 적당히 하고, 나머지는 내가 좋아하는 일을 하며 지냈습니다. 그리고 작은아버지의 도장에 계속 다니면서 열심히 트레이닝을 했습니다. 덕분에 내 권투 실력은 중학생치고는 상당한 수준이 되었습니다. 내 몸이 점점 변해가는 걸 느꼈습니다. 어깨가 벌어지고, 가슴에 근육이 붙고, 팔뚝이 탄탄해지고, 얼굴 살도 팽팽해졌습니다. 이렇게 나는 어른이 되어가는구나 하고 생각했습니다.

참 멋진 기분이었어요. 나는 매일 밤 알몸으로 화장실의 큰 거울 앞에 섰습니다. 그 무렵에는 그냥 내 몸을 바라보는 것만으로도 즐거웠습니다.

새 학년이 되자 아오키와 나는 다른 반이 되었습니다. 그래서 마음이 여간 편해진 게 아니었습니다. 매일 교실에서 녀석과 얼굴을 마주치지 않아도 된다는 사실만으로도 나는 기뻤습니다. 아오키 역시 마찬가지였을 거라고 생각합니다. 그리고 이대로 그 싫은 기억도 사라질 거라고 생각했습니다. 하지만 세상일이란 그렇게 단순한 게 아니었습니다. 아오키는 줄곧 내게 복수를 하려고 기다렸던 것입니다. 자존심 센 사람이 대개 그렇듯, 아오키는 복수심이 강한 녀석이었어요. 그 애는 자신이 당한 모욕을 간단히 잊어버리는 인간이 아니었던 겁니다. 그 애는 내 발목을 잡을 결정적인 기회를 끊임없이 엿보고 있었습니다.

나와 아오키는 같은 고등학교에 진학했습니다. 우리 학교는 중학교와 고등학교가 같이 있는 사립학교였던 것입니다. 해마다 반이 바뀌었는데, 아오키와는 계속 다른 반이었어요. 하지만 마침내, 그러니까 고등학교 3학년 때 다시 한 번 같

침묵

은 반이 되고 말았습니다. 교실에서 그 애와 얼굴을 마주쳤을 때, 정말이지 불쾌했습니다. 그때 그 애의 눈초리가 마음에 들지 않았어요. 그 애와 눈이 마주친 후, 예전에 느꼈던 것과 똑같이 뱃속에서 묵직한 느낌이 되살아났습니다. 불길한 예감 같은 것이지요.”

오자와 씨는 거기에서 입을 다물고, 눈앞에 있는 커피 잔을 한동안 지그시 바라보았다. 그리고 이윽고 얼굴을 들어 희미한 미소를 짓고 내 얼굴을 바라보았다. 창밖에서 제트기의 폭음이 들려왔다. 보잉 737이 쐐기를 박듯 구름 속으로 돌진하더니 그대로 모습을 감추었다.

오자와 씨는 이야기를 계속했다.

“1학기는 이렇다 할 일 없이 평온무사하게 지났습니다. 아오키도 평소대로였습니다. 그 애는 중학교 2학년 때와 거의 아무것도 변한 게 없었어요. 어떤 부류의 인간은 성장도 후퇴도 하지 않는 것입니다. 똑같은 일을 똑같이 반복할 뿐이지요. 아오키는 여전히 상위권의 성적을 유지하고 있었고, 반 아이들에게 인기도 많았습니다. 그 애는 세상을 살아가는 비법 같은 것을 이미 십 대 때 터득하고 있었습니다. 아마 지

금도 똑같이 살고 있을 겁니다. 아무튼 그 애와 나는 되도록
이면 서로 눈을 마주치지 않으려고 했습니다. 한 교실에 그
런 꺼림칙한 사람이 있다는 것이 기분 좋지는 않았어요. 하
지만 뭐 어쩔 수 없는 일이었죠. 내게도 일부 책임은 있었으
니까요.

이윽고 여름방학이 돌아왔습니다. 고교생으로서는 마지막
여름방학이었습니다. 나는 그럭저럭 나쁘지 않은 성적을 받
고 있었고, 굳이 욕심을 내지 않더라도 어딘가 적당한 대학
에 들어갈 수 있을 것이라고 생각해서, 입시 공부라고 할 만
한 노력은 하지 않았습니다. 매일 학교의 예습과 복습도 대
충 하는 정도였습니다. 그것으로 충분하다고 생각했지요. 부
모님도 이래라저래라 잔소리는 하지 않으셨어요. 토요일과
일요일에는 도장에 가서 트레이닝을 했고, 남은 시간에는 좋
아하는 책을 읽거나, 레코드를 듣거나 했습니다. 하지만 다
른 아이들은 대부분 안절부절못하고 있는 것 같았습니다. 우
리 학교는 중고교 일관 교육 방침으로 대학 입시를 목표로
하는 이른바 입시 준비 학교였습니다. 어느 대학에 몇 명이
들어갔는가, 어느 대학 입학자 수가 몇 위였는가 하는 것에

선생님들의 눈빛이 달라져 일희일비하는 학교였지요. 학생들도 3학년쯤 되면, 수험 준비에 완전히 머리가 뜨거워져서, 교실의 공기까지 팽팽하게 긴장되었습니다. 나는 학교의 그런 점이 마음에 들지 않았어요. 입학했을 때부터 마음에 들지 않았는데, 육 년이 지난 후에도 끝내 좋아할 수 없었습니다. 학교에서는 서로 마음 터놓고 지낼 만한 친구를 졸업할 때까지 끝내 한 명도 사귀지 못했습니다. 고교 시절에 그나마 내가 어울린 상대가 있다면, 권투도장에서 만난 사람들뿐이었어요. 거의가 나보다 나이가 위였고, 이미 직업을 가진 사람이 대부분이었지만, 그들과는 아주 즐겁게 어울릴 수 있었습니다. 연습이 끝나고 나서는 함께 맥주를 마시며 여러 가지 이야기를 나누었습니다. 그들은 우리 반 아이들과는 전혀 다른 부류의 사람들이었고, 주고받는 이야기도 전혀 달랐습니다. 그래서 그들과 함께 있는 편이 훨씬 편했습니다. 그리고 그들로부터 여러 가지 중요한 것들을 배웠습니다. 만약 내가 권투를 하지 않았다면, 그리고 작은아버지의 도장에 다니지 않았다면 얼마나 고독했을까, 하고 가끔 생각합니다. 그걸 상상하면 지금도 몸서리가 쳐져요.

한창 여름방학을 즐기고 있을 즈음 사건이 하나 터졌어요. 같은 반 애 하나가 자살한 것입니다. 마쓰모토라는 이름의 아이였습니다. 마쓰모토는 별로 눈에 띄지 않는 학생이었습니다. 솔직하게 말하면, 눈에 잘 띄지 않는다기보다는 아예 인상이 없는 편이라고 하는 게 맞을 거예요. 그 애가 죽었다는 이야기를 들었을 때, 생김새가 정확하게 생각나지 않았을 정도였으니까요. 한 반이면서도 나는 그 애와 아마 두 번인가 세 번인가밖에 말을 해본 적이 없다고 기억됩니다. 마르고 안색이 그다지 좋지 않은 아이였다는 정도밖에 생각이 안 납니다. 그 애가 죽은 건 팔월 십오 일이 되기 며칠 전이었습니다. 종전기념일과 그 애의 장례식이 같은 날이었기 때문에 잘 기억하고 있습니다. 엄청 무더운 날이었지요. 집에 전화가 걸려왔는데, 그 아이가 죽었다며 다들 장례식에 참석하기로 했으니까 꼭 오라고 하더군요. 반 학생 전원이 장례식에 참석했지요. 지하철에 뛰어들어 죽었다고 했습니다. 이유는 알 수 없었어요. 유서 비슷한 걸 남기긴 했지만, 거기에는 단 한 마디, 더 이상 학교에는 가고 싶지 않다고만 씌어 있었답니다. 어째서 학교에 가고 싶지 않은가, 하는 상세한 이유는 아무것도 씌어 있지 않았다고 했습니다. 그것이 알려진 이야기의 전부였어요. 당연한 일이지만 학교 측에선 난리가 났지요. 장례식이 끝나자 같은 학년 전원을 학교로 불러놓고, 교장 선생님이 일장 연설을 하셨습니다. 마쓰모토 군의 죽음은 안타까운 일이라는 둥, 그의 죽음의 무게를 우리 모두 마음에 새겨야 한다는 둥, 이 슬픔을 극복하고 모두 한층 더 정진하자는 둥…… 그저 그런 상투적인 얘기였지요.

그러고 나서 우리 반만 따로 교실에 모이게 했습니다. 교감과 담임선생이 우리 앞에 서서, 만약 마쓰모토의 자살에 뭔가 확실한 원인이 있다면 우리는 그것을 밝혀서 똑바로 바로잡지 않으면 안 된다고 말했습니다. 그러니까 만약 이 반에서 그 애의 자살 원인에 대해 짐작 가는 사람이 있으면 누구든 정직하게 말해주기 바란다, 하고. 다들 잠자코 있었으며 누구도 단 한 마디도 하지 않았습니다.

나는 그런 일에는 별로 신경 쓰지 않았습니다. 죽은 급우에 대해서는 안됐다는 생각이 들긴 했지만, 어쨌든 그런 무지막지한 죽음을 택하지 않으면 안 되었는지 나로선 잘 이해되지 않았습니다. 학교가 싫으면 학교 같은 데 안 가면 그만

이잖아요. 게다가 앞으로 반년만 지나면 싫어도 학교를 떠나지 않으면 안 됩니다. 그런데도 어째서 죽지 않으면 안 된다는 것입니까? 나는 잘 이해할 수 없었습니다. 아마 무슨 노이로제가 아닌가 싶었습니다. 자나 깨나 입시 얘기밖에 나오지 않으니까 머리가 이상해진 학생이 한 명쯤 나왔다 하더라도 특별히 이상한 일이라고는 볼 수 없을 것입니다.

하지만 여름방학이 끝나고 새 학기가 시작되자, 나는 뭔가 기묘한 분위기가 우리 반 전체에 감돌고 있다는 걸 느꼈습니다. 다들 어쩐지 나를 매우 서먹서먹하게 대하는 것이었습니다. 뭔가 할 얘기가 있어서 주위의 누구에게 말을 걸어도, 어쩐지 어색하고 쌀쌀맞은 대답밖에는 돌아오지 않았어요. 처음 얼마 동안은 다분히 기분 탓이겠거니 하고 생각했습니다. 아니면 다들 전체적으로 신경과민이 되어 그런 것이 아닐까 정도로 생각해서 별로 신경도 쓰지 않았습니다. 하지만 학기가 시작된 후 닷새쯤 지났을 무렵, 담임선생이 갑자기 나를 불러냈습니다. 방과 후에 남아서 교무실로 오라는 것이었습니다. 담임선생은 내게 권투도장에 다닌다고 들었는데, 그게 사실이냐고 물었습니다. 사실입니다, 하고 대답했지요. 그건 교칙을 어긴 것이라든가 그런 것은 아니었으니까요. 언제부터 다니고 있나, 하고 묻기에, 중학교 2학년 때부터입니다, 하고 대답했어요. 그랬더니 네가 중학교 때 아오키를 때렸다는 게 사실이냐고 물었습니다. 사실이라고 나는 대답했습니다. 거짓말을 하면 안 되니까요. 그건 권투를 시작하기 전의 일인가, 그 후의 일인가, 하고 담임선생은 물었습니다. 나는 시작한 후에 있었던 일이라고 대답했습니다. 그렇지만 그때 나는 아직 아무것도 배운 것이 없었습니다, 처음 석 달쯤은 글러브도 끼지 못하게 하거든요, 하고 설명했습니다. 하지만 담임선생은 그 말을 들은 척도 하지 않았습니다. 그러면 혹시 마쓰모토를 때린 적 있느냐고 담임선생이 물었습니다. 나는 깜짝 놀라고 말았습니다. 아까 말한 대로 나는 마쓰모토라는 애와 거의 얘기조차 제대로 나눈 적이 없습니다. 때렸다는 건 있을 수 없는 일이었지요. 나는 왜 제가 마쓰모토를 때려야 한다는 겁니까, 하고 말했습니다.

마쓰모토는 학교에서 늘 누군가에게 맞고 있었던 것 같다며 담임선생은 못마땅한 얼굴로 말했습니다. 얼굴이나 몸에 멍이 든 채로 집으로 돌아온 적이 자주 있었다고, 그 애 어머

니가 말했단다. 학교에서, 우리 학교에서, 누군가에게 얻어
맞고, 용돈을 빼앗겼다고 말이다. 하지만 마쓰모토는 누가
때렸는지를 어머니한테는 말하지 않았다. 누가 때렸다고 일
렀다간 더 얻어맞고 괴롭힘을 당할 거라고 생각한 거겠지.
그래서 녀석은 견딜 수가 없어 자살한 거다. 불쌍하게도 말
이지. 아무하고도 의논을 할 수도 없었던 거야. 엄청 심하게
구타당했던 모양이야. 우리는 누가 마쓰모토를 때렸는지 조
사하고 있단다. 만약 짚이는 게 있으면 솔직히 말해줬으면
좋겠다. 그렇게 하면 조용히 잘 처리될 것이다. 그렇지 않으
면 경찰이 조사하게 될 거야. 너, 그건 알고 있겠지?

그 순간 이건 아오키의 장난이 얽혀 있다는 생각이 확 들
었습니다. 아오키는 그 마쓰모토라는 애가 죽은 것을 참으로
잘 이용한 겁니다. 아마 그 애는 아무 거짓말도 하진 않았을
거라고 생각합니다. 그 애는 내가 권투도장에 다닌다는 사실
을 어딘가에서 듣고 알았을 겁니다. 아무한테도 말하지 않았
는데, 어떻게 아오키가 그걸 알았는지 짐작도 안 가지만요.
하지만 어쨌든 그 애는 알아낸 겁니다. 그리고 마쓰모토가
죽기 전에 누군가에게 자주 맞았다는 이야기를 들은 겁니다.

그다음이야 간단하죠. 하나에 하나를 더하면 되니까요. 선생한테 가서, 내가 도장에 다니고 있다는 것과, 내가 이전에 자기를 때렸던 이야기를 하면 그만이었을 겁니다. 물론 적당히 살을 붙여 과장도 했겠지요. 내가 무섭게 협박을 해서 지금까지 아무한테도 맞은 것을 말하지 못했다든가, 피가 심하게 났다든가, 그런 말을 했을 거라고 생각했습니다. 그래도 나중에 금방 들통 날 그런 단순한 거짓말은 하지 않았을 거라고 생각됩니다. 그런 점에 대해선 매우 신중하고 빈틈없는 아이였으니까요. 그 애는 단순한 사실 하나하나에 교묘하게 색칠을 해서 최종적으로 그에 대한 부정할 수 없는 어떤 공기 같은 것을 형성해놓았습니다. 내겐 그 같은 그 애의 수법이 손바닥 들여다보듯 환히 비쳤습니다.

선생은 나를 범인으로 짐작하는 것 같았습니다. 선생들은 권투도장에 다니는 부류의 사람들은 정도의 차이는 있을지언정 모두 불량하다고 생각하는 경향이 있습니다. 게다가 나는 원래 선생들의 마음에 들 만한 학생도 아니었습니다. 그런 일이 있은 지 사흘 후에 나는 경찰서에 불려갔습니다. 말할 나위도 없는 일이지만, 내게는 무척 충격이었습니다. 그건 아무 근거도 없는 일이었기 때문입니다. 증거도 아무것도 없는 한낱 소문일 뿐이었습니다. 무척 슬펐고 분했습니다. 누구도 내 말 따위는 믿어주지 않았으니까요. 공정해야 할 선생들까지도 날 감싸주지 않았던 겁니다. 경찰서에서는 간단한 조사를 받았습니다. 나는 마쓰모토와는 거의 말을 주고받은 적도 없다고 설명했습니다. 사 년 전에 아오키를 때린 것은 사실이지만, 그건 흔히 있는 시시한 싸움에 불과했으며, 그 후로는 아무 문제도 일으키지 않았다, 하고. 그뿐입니다. 네가 마쓰모토 군을 자주 때렸다는 소문이 있다고 담당 경찰관은 말했습니다. 그건 거짓말입니다, 하고 나는 말했습니다. 누군가가 악의를 품고 그런 엉터리 소문을 퍼트리고 있는 겁니다, 하고 말입니다. 경찰도 그 이상은 어찌할 도리가 없었습니다. 아무튼 증거 같은 것도 없었으니까요. 그저 뜬소문이었던 것이지요.

하지만 내가 경찰서에 불려간 얘기는 바로 학교에 퍼졌습니다. 비밀리에 처리되었을 텐데, 어디에선가 새나간 모양이었습니다. 아무튼 그 일 때문에 결정적으로 다들 나를 보는 시선이 달라진 것 같았습니다. 경찰서에 불려갔을 때는 그럴

침묵

만한 이유가 있을 것이다, 모두 그렇게 믿는 듯했습니다. 다들 내가 마쓰모토를 때린 사람이라고 믿는 것 같았습니다.

아오키가 대체 얼마나 그럴듯하게 얘기를 꾸며냈는지, 우리 반 안에 어떤 여론이 형성되어 있었는지, 그런 건 모르겠습니다. 나로서는 그런 건 알고 싶지 않았습니다. 다만 그건 틀림없이 지독한 이야기였을 거라고 생각합니다. 어쨌든 반 아이들 중 누구도 나와 말을 하지 않게 되었습니다. 마치 짜기라도 한 것처럼—아마 실제로 어딘가에서 그렇게 서로 상의를 했겠지만—아무도 말을 걸어주지 않았어요. 뭔가 어쩔 수 없이 필요한 용건이 있어 내가 말을 걸어도 대답은 돌아오지 않았습니다. 그때까지 친하게 지내던 친구들마저도 내 곁에 얼씬도 하지 않게 되었습니다. 마치 전염병 환자를 피하듯 모두 나를 멀리했습니다. 나라는 인간이 존재하고 있다는 그 자체를 머릿속에서부터 무시하려고 했던 것입니다.

학생들뿐만이 아니었어요. 선생들마저도 나와 되도록 얼굴을 마주하지 않으려고 했습니다. 출석 부를 때 내 이름을 부르긴 했지만 그뿐, 그들은 나를 결코 지명하거나 하지 않았습니다. 가장 심한 건 체육 시간이었습니다. 경기를 할 때,

어느 팀에서도 나를 끼워주지 않았습니다. 누구도 나와 짝이 되어주지 않았습니다. 선생들 역시 한 번도 나를 도와주려고도 하지 않았습니다. 나는 말없이 학교에 가서, 말없이 수업을 받고, 그대로 집으로 돌아왔습니다. 그런 생활이 매일 반복되었습니다. 그건 정말이지 괴로운 나날이었습니다. 이 주삼 주 지나는 사이에 나는 점점 식욕을 잃어갔습니다. 몸무게도 줄어들었습니다. 밤에는 잠을 잘 수 없게 되었습니다. 누워 있으면 가슴이 두근거리고, 환영이 계속 떠올라 도저히 잠을 이룰 수 없었어요. 그래서 눈을 뜨고 있을 때도, 어쩐지 머릿속이 멍했습니다. 내가 지금 깨어 있는 건지, 자고 있는 건지, 그것조차 점점 알 수 없게 되었습니다.

그러다 보니 나는 더러 권투 연습을 쉬게 되기도 했습니다. 부모님은 걱정이 되어, 무슨 일이 있느냐고 물으셨습니다. 하지만 아무 말도 하지 않았어요. 아무것도 아니야, 그저 피곤한 것뿐이야, 하고 나는 말했습니다. 설사 부모님께 모두 털어놓는다고 해서, 그분들이 뭔가 할 수 있는 것도 아니니까요. 결국 부모님은 내가 어떤 상황에 처해 있었는지 끝까지 모르셨습니다. 아버지나 어머니 두 분 다 직업을 갖고 계셔서 나에게 신경 쓸 여유가 없었던 것입니다.

학교에서 돌아오면 내 방에 틀어박혀 그저 멍하니 천장만 바라보고 있었습니다. 아무것도 할 수가 없더군요. 그저 그렇게 천장을 바라보면서 이런저런 일을 생각할 뿐이었습니다. 가장 많이 상상한 것은 아오키를 패주는 것이었습니다. 아오키가 혼자 있는 틈을 타서 몇 번이고 몇 번이고 때리는 겁니다. 너 같은 놈은 인간쓰레기라고 하면서, 인정사정 볼 것 없이 두들겨 팹니다. 상대가 비명을 내지르더라도, 울면서 용서해달라고 빌어도, 때리고 또 때려서 얼굴이 피투성이가 되어 너덜너덜해질 정도로 두들겨 패줍니다. 하지만 그렇게 때리다 보면 어느새 점점 기분이 나빠져갑니다. 처음에 때릴 때는 기분이 좋습니다. 꼴 한번 좋구나 하면서 엄청 기분이 좋아집니다. 하지만 점점 언짢은 기분이 드는 거예요. 그래도 나는 아오키를 때리는 상상을 그만둘 수 없었습니다. 천장을 바라보고 있으면 나도 모르게 아오키의 얼굴이 거기에 떠오르고, 정신을 차려보면 어느새 아오키를 패고 있는 상상을 하고 있는 겁니다. 그리고 한번 때리기 시작하면 그걸 멈출 수가 없었어요. 상상을 하는 동안 진짜 기분이 나빠져서 토한 적도 있습니다. 어떻게 해야 좋을지, 정말 전혀 모르겠더군요.

반 전체 앞에 나가서, 양심의 가책을 느껴야 할 어떤 일도 한 적이 없다고 변명할까도 생각해봤습니다. 내가 뭔가 벌을 받아야 할 일을 했다면 그 증거를 보여달라. 증거가 없다면 무고한 나를 이런 식으로 벌하는 건 그만두었으면 좋겠다고. 하지만 내가 무슨 말인들 해봤자 그들은 믿어주지 않을 거라는 예감이 들었습니다. 그리고 솔직히 말해서, 아오키가 하는 말을 그대로 믿어버린 녀석들을 상대로 일일이 변명 같은 걸 하고 싶지도 않았습니다. 게다가 그런 변명을 하면, 결과적으로 내가 졌다는 걸 아오키에게 시인하는 꼴이 되고 맙니다. 나는 아오키 같은 인간과 같은 링에 서고 싶지는 않았습니다.

그러니 대책이 없을 수밖에요. 아오키를 때려줄 수도, 벌을 줄 수도 없고, 그렇다고 해서 모두를 설득할 수도 없었습니다. 내가 할 수 있는 건 그저 말없이 참는 것뿐이었어요. 이제 반년 남았다. 앞으로 반년만 지나면 학교도 졸업하게 되고, 그러면 더 이상 누구하고도 얼굴을 맞대지 않아도 된다고 생각했습니다. 반년 동안 어떻게든 그 침묵을 참고 견디기만 하면 그만인 것입니다. 하지만 과연 내가 육 개월을 버틸 수 있을지 어떨지 자신이 없었습니다. 앞으로 한 달을 견딜 수 있을지조차 자신이 없었거든요. 나는 집에 돌아오면 매직펜으로 캘린더의 날짜를 하루하루 새까맣게 칠해서 지워나갔습니다. 오늘 하루도 겨우 끝났구나, 오늘도 또 겨우 끝났구나, 하는 느낌이었지요. 나는 눌려 찌부러질 것만 같았습니다. 만약 어느 날 아침 내가 아오키와 같은 전철을 타지 않았더라면, 정말로 눌려 찌부러져 죽었을지도 모릅니다. 지금 와서 생각해보니 알겠지만, 그 당시 내 신경은 아주 아슬아슬한 위험 지대에까지 몰려 있었던 것입니다.

내가 그 지옥 같은 상황을 딛고 가까스로 다시 일어선 것은, 그렇게 시달린 지 한 달이 넘었을 즈음이었습니다. 학교로 가는 전철 안에서 우연히 아오키와 마주쳤습니다. 전철은 평상시와 다름없이 승객으로 가득 차 꼼짝도 할 수 없을 정도였지요. 내 조금 앞에 아오키의 얼굴이 보였습니다. 두 사람인가 세 사람 건너, 누군가의 어깨 너머로 아오키의 얼굴이 보였습니다. 나와 그는 마주 보는 모습으로 맞닥뜨린 겁니다. 그 애도 나를 알아보았습니다. 한동안 우리는 서로의 얼굴을 주시했습니다. 그 무렵 나는 틀림없이 형편없는 몰골을 하고 있었을 겁니다. 잠도 제대로 못 자고, 노이로제 기운도 있었으니까요. 처음 얼마간 아오키는 냉소하는 듯한 눈으로 나를 쳐다보았습니다. 어떠냐, 하는 투로요. 나는 지금까지의 일이 전부 아오키의 흉계라는 걸 알고 있었고, 아오키도 내가 그 사실을 알고 있다는 것을 알고 있었습니다. 우리는 잠시 서로를 지그시 노려보았습니다. 그런데 그 녀석의 눈을 보고 있는 동안, 점점 기분이 이상해지더군요. 그것은 그때까지 느껴본 적 없는 감정이었어요. 물론 나는 아오키에 대해 분노하고 있었습니다. 때로는 죽이고 싶을 만큼 미워하고 있었습니다. 하지만 그때, 사람들로 꽉 찬 전철 안에서 내가 느낀 것은 분노나 증오보다는 오히려 슬픔이나 동정심에 가까운 감정이었습니다. '정말 이 정도의 일로 사람은 의기양양해지거나 승리했다고 우쭐해질 수 있는 것인가? 이 정도의 일로 이 녀석은 만족하고 기뻐하고 있는 것일까?' 그렇게 생각하자, 나도 모르게 깊은 슬픔 같은 것이 느껴졌던 것입니다. 이 녀석은 아마도 진짜 기쁨이나 진짜 자존심 같은 것은 영원히 알 수 없을 거라고 생각했습니다. 몸속 깊은 곳에서 솟아오르는 듯한 저 조용한 떨림을, 이 녀석은 절대 죽을 때까지 느낄 수 없을 거라고. 어떤 종류의 인간에게는 깊음이라는 게 결정적으로 결여돼 있는 것입니다. 그렇다고 나한테 그 깊음이 있다고 말하려는 건 아니에요. 내가 말하고 싶은 건, 그 깊음이라는 존재를 이해할 수 있는 능력이 있는가 없는가 하는 것입니다. 하지만 아오키에겐 그런 능력이 없는 것입니다. 그런 인생은 공허하고, 변화가 없고 단조롭습니다. 사람들이 아무리 주목해준다고 한들, 아무리 겉으로 으스댄다고 한들, 거기엔 아무것도 없습니다.

그런 생각을 하면서 그 애의 얼굴을 조용히 꼼짝 않고 쳐다보고 있었습니다. 이제 더 이상 아오키를 때려주고 싶은 생각은 들지 않았습니다. 아오키 같은 놈은 어찌 되든 상관없게 되어버린 것이지요. 정말, 나 자신조차 깜짝 놀랄 만큼 그 애가 아무래도 좋다고 생각하게 되었습니다. 그리고 앞으로 다섯 달 동안 침묵으로 견디자고 생각했지요. 충분히 잘 견뎌낼 수 있을 것 같았습니다. 내겐 아직 자부심이란 게 남아 있었거든요. 아오키 같은 인간에게 이대로 질질 끌려갈 수는 없다고 마음을 다잡았습니다.

나는 그런 눈으로 아오키를 보고 있었습니다. 꽤 오랜 시간 동안 우리는 서로의 얼굴을 바라보았지요. 아오키 역시 시선을 돌리면 지는 거라고 생각했을 겁니다. 전철이 다음 역에 다다를 때까지, 우리는 어느 쪽도 시선을 돌리지 않고 서로 노려보고 있었습니다. 하지만 끝내 아오키의 눈이 흔들렸습니다. 아주 미세한 흔들림이었지만, 똑똑히 알 수 있었어요. 권투를 오랫동안 하다 보면, 상대방의 눈의 움직임에 민감해지죠. 아오키의 눈은 다리를 꼼짝할 수 없게 된 권투 선수의 눈 같았습니다. 자신은 움직이고 있다고 생각하지만, 실제로는 움직이지 않는 거죠. 자신은 움직이고 있다고 생각해요. 그런데 발은 꿈쩍도 안 하는 거예요. 발이 움직이지 않으면 어깨를 원활하게 움직일 수 없게 됩니다. 그러면 펀치에 힘이 실리지 않습니다. 그런 눈이었습니다. 뭔가 이상하다고 생각하면서도 그게 왜 그런지 본인은 모르고 있었습니다.

그 일을 계기로 나는 다시 안정을 되찾았습니다. 밤에는 푹 자고, 제대로 밥도 먹고, 권투 연습도 빠지지 않고 다니게 되었습니다. 지면 안 된다고 생각했어요. 단순히 아오키를 이겨야 한다든가, 그런 생각은 아니었어요. 인생 그 자체에 져서는 안 된다고 생각한 겁니다. 나 자신이 경멸하고 모멸하는 상대에게 간단히 짓눌려 찌부러질 수는 없다고 깨달은 거지요. 나는 그런 상태에서 다섯 달을 참았습니다. 어느 누구와도 단 한 마디 말조차 하지 않았습니다. 나는 틀린 게 아니다, 다른 사람들이 틀린 거다, 하고 자신을 계속 다독였지요. 매일 가슴을 펴고 학교에 가고, 가슴을 펴고 집으로 돌아왔습니다. 그렇게 고등학교를 마치고, 규슈에 있는 대학에 들어갔습니다. 거기로 가면 고등학교 때 알던 누구와도 얼굴을 마주치지 않을 거라고 생각했기 때문이지요."

오자와 씨는 거기까지 말하더니 크게 한숨을 쉬었다. 그리고 내게 커피를 한 잔 더 들지 않겠느냐고 물었다. 나는 사양했다. 벌써 석 잔이나 커피를 마신 터였다.

"그런 강렬한 경험을 하고 나면 인간이란 좋건 싫건 변하게 마련이지요" 하고 그는 말했다. "좋은 쪽으로 변할 수도 있고, 나쁜 쪽으로 변할 수도 있지요. 좋은 변화부터 말하자면, 그 일로 해서 나는 무척 인내심이 강한 사람이 됐다고 생각합니다. 그 반년 동안 맛본 것에 비하면, 그 후에 겪은 고

생 같은 건 고생 축에도 끼지 않는 것이었습니다. 그런 일도 겪었는데, 하고 생각하면 대부분의 고통스럽고 거북한 일도 참고 견딜 수 있었습니다. 그리고 주위 사람들이 받는 상처나 고통 같은 것에 대해서도 보통 사람 이상으로 민감해졌습니다. 이런 게 플러스된 거겠죠. 그런 플러스의 특질을 얻은 덕분에 나는 그 후 몇 명인가 진짜 좋은 친구를 사귈 수 있었습니다. 하지만 마이너스도 있지요. 나는 그때부터 인간이라는 존재를 전적으로 신뢰할 수 없게 되었어요. 인간 불신이라든가, 뭐 그런 건 아닙니다. 내겐 아내도 있고 아이들도 있어요. 우리는 가정을 이루고, 서로를 지켜주고 있습니다. 그런 일은 서로 신뢰하지 않으면 할 수 없는 일입니다. 하지만 말이죠, 난 이렇게 생각해요. 설사 지금은 이렇게 무사하고 평온하게 생활하고 있지만, 만약 무슨 일이 생긴다거나 뭔가 지독한 악의로 똘똘 뭉친 것이 찾아와 그런 평안한 생활을 송두리째 뒤엎어버린다면, 비록 내가 행복한 가정을 꾸리고 있고 좋은 친구들에게 둘러싸여 있다 해도 한 치 앞을 내다볼 수 없을 거라고요. 어느 날 갑자기 내가 말하는 것을, 혹은 당신이 말하는 것을 단 한 사람도 믿지 않게 될는지도 모롭니다. 그런 일은 돌연히 일어나는 법이지요. 어느 날 갑작스럽게 밀어닥치는 거예요. 늘 그런 생각을 합니다. 지난번 일은 그럭저럭 여섯 달로 끝이 났습니다. 하지만 다음에 또 그런 일이 벌어진다면 그땐 얼마나 오래 지속될지 아무도 모를 일입니다. 이다음에 내가 얼마나 인내심을 발휘할 수 있을지, 전혀 자신이 없습니다. 그런 생각을 하면 때때로 정말 무서워집니다. 한밤중에 그런 꿈을 꾸고 벌떡 일어날 때도 있습니다. 실은 종종 그런 편이죠. 그럴 때 나는 아내를 깨웁니다. 그리고 아내를 꼭 붙잡고 울음을 터뜨리곤 합니다. 한 시간 내내 운 적도 있어요. 너무 무서워서 감당할 수가 없었거든요.”

그는 이야기를 멈추고 조용히 창밖의 구름을 바라보았다. 구름은 얼마 전부터 꼼짝도 하지 않고 있었다. 관제탑도, 비행기도, 수송 차량도, 트랩도, 작업복을 입은 사람들도, 그 우중충한 구름의 그림자에 본래의 색깔을 모두 빨려버린 것 같았다.

“내가 무서운 건 아오키 같은 인간은 아닙니다. 아오키 같은 인간은 어디에나 있게 마련이고, 그 점에 대해선 이미 체

넘하고 있습니다. 그런 인간을 보면, 무슨 일이 있어도 될 수 있는 한 관련되지 않으려고 하고 있습니다. 아무튼 도망치는 겁니다. 도망치는 게 상책이지요. 그렇게 어려운 일은 아닙니다. 그런 인간은 금방 알아차릴 수 있기 때문입니다. 한편으로 나는 아오키에 대해서 나름대로 대단하다고 생각하는 면도 있습니다. 기회가 올 때까지 줄곧 몸을 낮추고 기다리는 능력, 기회를 확실하게 낚아채는 능력, 사람의 마음을 참으로 교묘하게 잡아쥐고 선동하는 능력— 그런 건 아무나 갖출 수 있는 게 아닙니다. 구역질이 날 정도로 그런 걸 싫어하지만, 그래도 엄연한 능력이란 건 인정합니다.

내가 정말 무섭다고 생각하는 건, 아오키 같은 인간이 내세우는 말을 무비판적으로 받아들여 그대로 믿어버리는 부류의 사람들입니다. 스스로는 아무것도 만들어내지 못하고, 아무것도 이해하지 못하는 주제에, 입맛에 맞고 받아들이기 쉬운 다른 사람의 의견에 놀아나 집단으로 행동하는 무리 말입니다. 그런 사람들은 자신이 뭔가 잘못된 일을 저지르고 있을지도 모른다는 생각은 손톱만큼도 하지 않습니다. 자신이 한 무의미한 행동이 누군가에게 결정적인 상처를 입힐 수도 있다고는 짐작도 하지 못하는 무리들이지요. 그들은 그런 자신들의 행동이 어떤 결과를 초래하든 아무런 책임도 지지 않습니다. 정말 무서운 건 그런 부류의 사람들입니다. 내 한밤중의 꿈속에 등장하는 것도 그런 사람들이지요. 꿈속에서는 침묵밖에 없습니다. 그리고 꿈속에 나오는 사람들은 얼굴이란 걸 갖고 있지 않습니다. 침묵이 차가운 물처럼 모든 것에 조금씩 스며들어갑니다. 그리고 침묵 속에서 이거고 저거고 모든 것이 질척하게 녹아버리고 말지요. 그리고 어느 순간 내가 그 속으로 녹아들면서 아무리 소리를 쳐도 누구 하나 귀 기울여주지 않습니다.”

오자와 씨는 그렇게 말하고는 고개를 저었다.

나는 그대로 이야기가 이어지기를 기다렸으나, 이야기는 거기서 끝났다. 오자와 씨는 테이블 위로 양손을 깍지 낀 채 그저 침묵을 지킬 뿐이었다.

“아직 시간은 이르지만 맥주라도 마시지 않겠어요?” 하고 잠시 후 그는 말했다. 마십시다, 하고 나는 말했다. 확실히 맥주가 마시고 싶은 기분이었다.

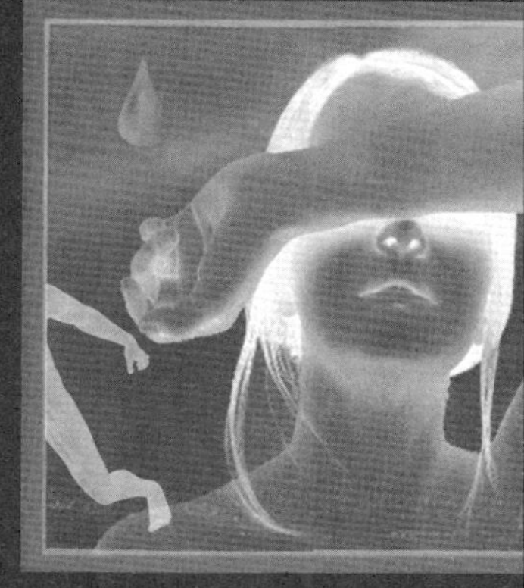

얼음사나이

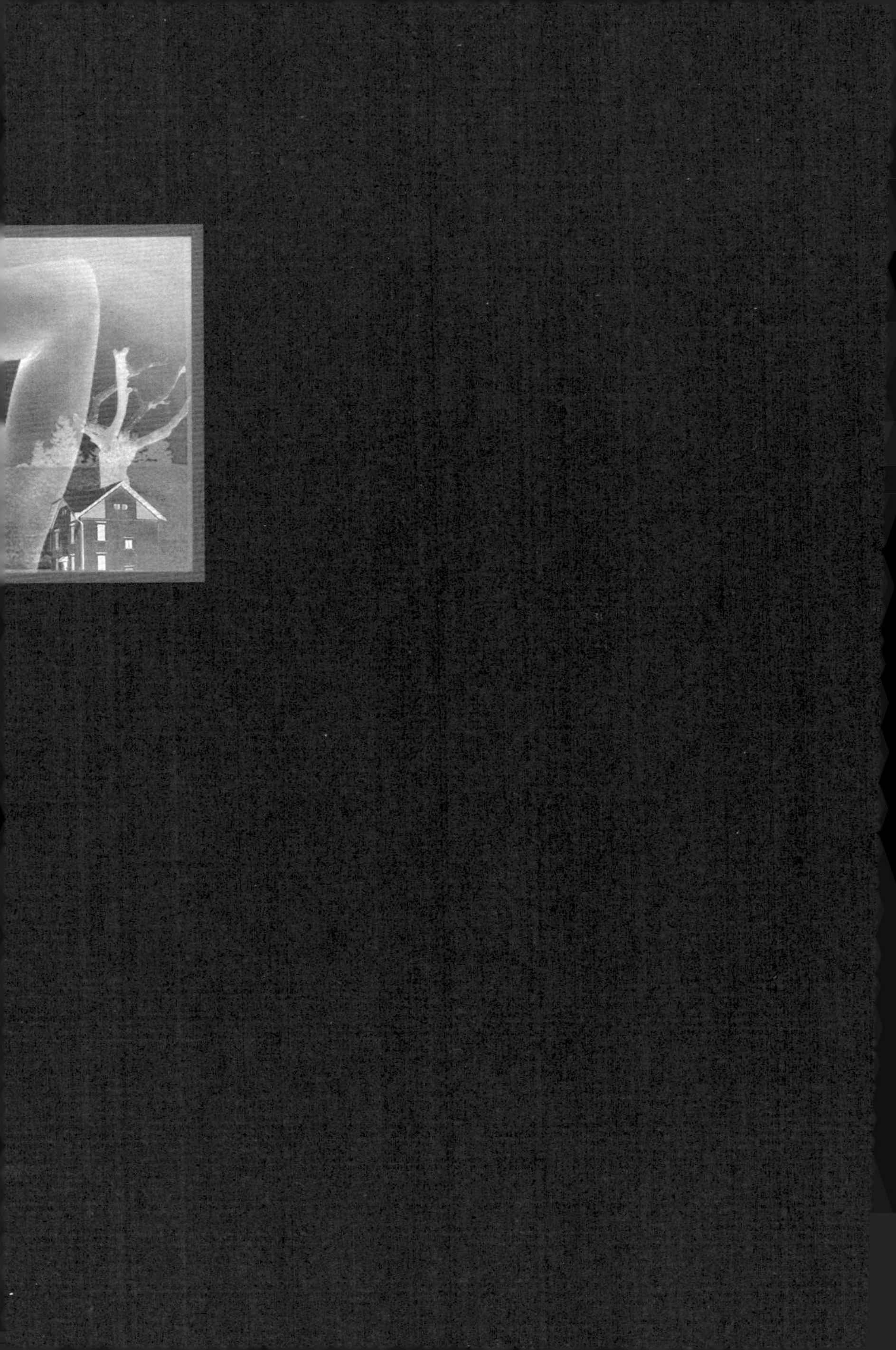

나는 얼음사나이와 결혼했다.

내가 얼음사나이와 처음 만난 것은 어느 스키장의 호텔이었다. 얼음사나이와 알게 되기에는 최적의 장소였는지도 모르겠다. 젊은 사람들로 북적대는 떠들썩한 호텔 로비의, 그것도 난로에서 가장 멀리 떨어진 구석에 있는 의자에 앉아, 얼음사나이는 혼자 조용히 책을 읽고 있었다. 벌써 정오에 가까운 시간이었지만, 겨울 아침 햇살의 차갑고 산뜻한 기운이 아직 얼음사나이의 주위에만은 머물러 있는 것처럼 내게는 느껴졌다. "저기 있잖아, 저 사람이 얼음사나이야" 하고 내 친구가 작은 소리로 알려주었다. 하지만 그때 나는 대체 얼음사나이라는 게 어떤 것인지 전혀 알지 못했다. 내 친구도 잘 알지는 못했다. 단지 그가 얼음사나이라고 불리는 존재라는 것을 알고 있을 뿐이었다. "틀림없이 얼음으로 만들어졌을 거야. 그러니까 다들 얼음사나이라고 부르는 것 아니겠어?" 하고 그녀는 진지한 얼굴로 내게 말했다. 마치 유령이나 전염병 환자의 이야기라도 하는 것처럼.

얼음사나이는 키가 크고, 얼핏 보아도 뻣뻣한 머리칼을 하고 있었다. 얼굴 생김새만 봐서는 아직 젊은 것 같았지만, 그 철사같이 뻣뻣한 머리칼에는 하얀 새치가, 마치 덜 녹은 눈처럼 여기저기 섞여 있었다. 광대뼈는 얼어붙은 바위처럼 야무지게 불거지고, 손가락에는 결코 녹을 것 같지 않은 하얀 서리가 끼어 있었지만, 그런 것 말고는 얼음사나이의 겉모습은 보통 남자와 거의 다른 점이 없었다. 잘생겼다고 할 수는 없을지 모르지만 보기에 따라서는 꽤 매력 있는 외모였다. 그에게는 뭔지 모르게 사람의 마음을 날카롭게 찌르는 게 있었다. 특히 그런 느낌을 갖게 하는 건 그의 눈이었다. 마치 겨울 아침 반짝하고 빛나는 고드름처럼 과묵하고 투명한 눈빛을 하고 있었다. 그것은 임시변통으로 만들어진 그의 육체 속에 오직 하나의 진실한 생명의 반짝임 같았다. 나는 얼마 동안 그곳에 서서, 먼발치로 얼음사나이의 모습을 바라보았다. 하지만 얼음사나이는 한 번도 고개를 들지 않았다. 그는 미동도 하지 않고 줄곧 책만 읽고 있었다. 마치 자기 주위에는 아무도 없다고 스스로에게 주입시키고 있는 것처럼.

이튿날 오후에도 얼음사나이는 같은 장소에서 같은 모습으로 책을 읽고 있었다. 내가 점심을 먹으러 식당에 갔을 때나, 해가 질 무렵 친구들과 함께 스키를 타다가 돌아왔을 때도, 그는 전과 같은 의자에 앉아서 똑같은 책을 펼쳐놓고 여전한 눈길로 책 읽기에 몰두해 있었다. 그리고 그 이튿날도 마찬가지였다. 해가 저물든, 밤이 이슥해지든 그는 창밖의 겨울 그 자체인 것처럼 조용히 그 자리에 앉아 혼자서 책을 읽고 있었다.

나흘째 되던 날 오후, 나는 적당히 둘러대고 스키를 타러 나가지 않았다. 그리고 혼자 호텔에 남아 한동안 로비를 어슬렁거렸다. 사람들은 모두 스키를 타러 나가고 없어, 로비는 버려진 거리처럼 휑하게 비어 있었다. 로비의 공기는 지나치게 따뜻하고 습도가 높아서, 기묘하게도 울적한 분위기마저 감돌았다. 그것은 사람들이 호텔 안으로 신발 바닥에 묻혀 들어온 눈이 어느 결에 난로 앞에서 흐물흐물 녹아내린 냄새였다. 나는 여기저기에 난 창문을 통해 바깥을 내다보거나, 신문을 훌훌 넘기거나 하고 있었다. 그러다가 얼음사나

　　　　　　　　　　　　얼음사나이

이에게 다가가서 큰맘 먹고 말을 걸어보았다. 나는 말하자면 낯을 가리는 편이라 어지간한 일이 아니면 모르는 사람에게 말을 거는 일은 없다. 하지만 그때 나는 아무래도 얼음사나이와 꼭 이야기를 해보고 싶었던 것이다. 그날은 내가 이 호텔에서 묵는 마지막 밤이었고, 이 기회를 놓쳐버리면 다시는 얼음사나이와 이야기할 기회가 없을 것이라고 생각했기 때문이었다.

당신은 스키 안 타세요, 하고 나는 되도록 아무렇지 않은 목소리로 얼음사나이에게 말을 걸었다. 그는 천천히 고개를 들었다. 마치 아주 멀리서 부는 바람 소리라도 들은 것 같은데, 하고 말하는 듯한 표정으로. 그는 그런 시선으로 가만히 내 얼굴을 쳐다보며 조용히 고개를 저었다. 나는 스키를 타지 않아요. 이렇게 눈을 보면서 책을 읽는 것만으로도 좋거든요, 하고 그가 말했다. 그의 말은 만화책에 나오는 말풍선처럼 공중에서 하얀 구름 모양이 되었다. 나는 문자 그대로 내 눈으로 분명히 그가 하는 말을 볼 수 있었다. 그는 손가락에 끼어 있는 서리를 가볍게 비벼서 털어냈다.

나는 그 이상 무슨 말을 해야 좋을지 알 수 없었다. 나는 얼굴이 빨개진 채 그 자리에 가만히 서 있었다. 얼음사나이가 내 눈을 보았다. 그는 아주 살짝 미소를 지은 것 같기도 했다. 하지만 나로서는 잘 알 수 없었다. 정말 얼음사나이가 미소를 지었을까? 아니면 그저 그런 느낌이 든 것뿐인지도 모른다. 괜찮다면 거기 좀 앉으시죠, 하고 얼음사나이가 말했다. 잠깐 얘기 좀 할까요. 당신은 내게 뭔가 흥미가 있는 게 아닌가요. 왜 얼음사나이라고 불리는지, 얼음사나이란 게 어떤 것인지 알고 싶은 것 아니에요? 그렇게 말하며 그는 살짝 미소를 지었다. 괜찮습니다, 걱정하실 필요 없어요. 나랑 얘기한다고 해서 감기에 걸리는 건 아니니까요.

그렇게 해서 나는 얼음사나이와 이야기를 나누게 되었다. 우리는 로비 구석의 소파에 나란히 앉아, 창밖에 흩날리는 눈을 바라보면서 조심스럽게 대화를 했다. 나는 따끈한 코코아를 주문해서 마셨다. 얼음사나이는 아무것도 마시지 않았다. 얼음사나이도 나처럼 대화를 하는 데 능숙한 편은 아닌 듯했다. 게다가 우리에겐 공통된 화제랄 게 없었다. 우리는 날씨 이야기부터 시작했다. 그러고 나서 호텔에 머물고 있는 기분이 어떤지에 대해 이야기했다. 여기엔 혼자 오셨어요,

하고 나는 얼음사나이에게 물었다. 그렇습니다, 하고 얼음사나이는 대답했다. 얼음사나이는 내게 스키를 좋아하냐고 물었다. 별로 좋아하지 않는다고 나는 대답했다. 여자 친구들이 하도 가자고 해서 따라왔을 뿐이라, 사실은 거의 스키를 탈 줄도 모른다고, 나는 털어놓았다. 나는 얼음사나이란 게 대체 무엇인지 꼭 알고 싶었다. 정말 몸이 얼음으로 되어 있어 그렇게 불리는 것인지 어떤지, 평소에는 어떤 음식을 먹는지, 여름에는 어디에서 지내는지, 가족은 있는지 없는지― 그런 따위의 것이 알고 싶었다. 하지만 얼음사나이는 자신에 대해서 어떤 것도 말하려 하지 않았다. 나도 굳이 물으려고 하지는 않았다. 얼음사나이는 아마도 자기 신상에 대해 별로 말하고 싶지 않은 모양이라고 생각했던 것이다.

그 대신 얼음사나이는 나에 대한 이야기를 했다. 믿기 어려운 일이지만, 얼음사나이는 어찌 된 영문인지 나에 대해서 잘 알고 있었다. 내 가족이며 나이, 취미, 건강 상태 그리고 내가 다니는 학교, 사귀고 있는 친구들에 대해서도 그는 하나부터 열까지 전부 알고 있었다. 내가 벌써 오래전에 잊어버린 먼 과거의 일까지도 속속들이 알고 있었다.

정말 모를 일인데요, 하고 나는 얼굴이 빨개져서 말했다. 어쩐지 벌거벗고 타인들 앞에 서 있는 듯한 기분이 들었던 것이다. 당신은 어떻게 그처럼 나에 대해 잘 알고 있는 거죠, 하고 나는 물었다. 당신은 사람의 마음을 읽을 수 있나요?

아니요, 다른 사람의 마음 같은 걸 내가 어떻게 읽을 수 있겠어요. 하지만 나는 알 수 있어요. 그냥 알아요, 하고 얼음사나이는 말했다. 마치 투명한 얼음 속을 뚫어지게 들여다보는 것처럼 이렇게 가만히 당신을 보고 있으면, 당신에 관한 것이 환히 보인답니다.

제 미래도 보이나요, 하고 나는 물어보았다.

미래는 보이지 않아요, 하고 얼음사나이는 무표정하게 말했다. 그리고 천천히 고개를 저었다. 나는 미래라는 것에 전혀 흥미를 가질 수 없습니다. 정확하게 말하자면, 내게는 미래라는 개념 자체가 없습니다. 얼음에게는 미래라는 것이 없기 때문입니다. 얼음 속에는 과거만이 단단하게 봉해져 있을 뿐입니다. 모든 것이 마치 살아 있는 것처럼 선명하게 거기에 꽁꽁 가둬져 있는 겁니다. 얼음이란 건 많은 것들을 그런 식으로 보관할 수 있습니다. 아주 깨끗이, 아주 선명하게, 있

    얼음사나이

는 그대로 말이죠. 그것이 얼음의 소임이고 본질입니다.

다행이네요, 하고 나는 말했다. 그리고 미소를 지었다. 그런 말을 들으니 안심이에요. 왜냐하면 전 미래 같은 걸 알고 싶진 않거든요.

우리는 도쿄에 돌아온 뒤에도 몇 번인가 만났다. 얼마 지나지 않아 우리는 주말이면 늘 데이트를 하게 되었다. 그렇지만 우리는 함께 영화를 보러 가지도 않았고, 찻집에 가지도 않았다. 식사조차 하지 않았다. 얼음사나이는 식사라는 것을 거의 하지 않았기 때문이다. 우리는 언제나 둘이서 공원 벤치에 앉아 많은 이야기를 했다. 우리는 정말로 여러 이야기를 나누었다. 하지만 얼음사나이는 아무리 여러 날이 지나도 자신에 대한 이야기는 하려고 하지 않았다. 어째서지? 하고 나는 물어보았다. 왜 당신은 자신에 대한 이야기는 하지 않는 거야? 나는 당신에 대해 좀 더 알고 싶어. 당신은 어디에서 태어났고, 부모님은 어떤 분들이고, 어떻게 해서 얼음사나이가 된 건지. 얼음사나이는 잠시 내 얼굴을 물끄러미 바라보았다. 그리고 천천히 고개를 저었다. 나도 몰라, 하고 얼음사나이는 낮지만 단호한 목소리로 말했다. 그러고는 하얀 숨을 공중에 토해냈다. 나는 과거란 것을 갖고 있지 않아. 세상의 모든 과거를 알고는 있어. 그리고 모든 과거를 봉인하고 있지. 하지만 정작 나 자신에겐 과거라는 것이 없어. 나는 내가 어디에서 태어났는지도 몰라. 부모님의 얼굴도 모르지. 아니, 부모님이 정말 있었는지조차 몰라. 내 나이조차 몰라. 내게 정말 나이란 게 있는지조차 알 수 없어.

얼음사나이는 암흑 속의 빙산처럼 고독했다.

나는 그런 얼음사나이를 진심으로 사랑하게 되었다. 얼음사나이는 과거도 미래도 아닌, 오직 이 순간의 나를 사랑해주었다. 그리고 나 역시 과거도 미래도 아닌 바로 이 순간의 얼음사나이를 사랑했다. 그것은 정말 멋진 일이라고 생각되었다. 우리는 결혼에 대해 이야기를 나누는 단계까지 발전했다. 나는 막 스무 살이 된 참이었다. 그리고 얼음사나이는 내가 태어나서 지금까지 살아오는 동안 처음으로 진지하게 좋아하게 된 상대였다. 얼음사나이를 사랑한다는 것이 대체 무엇을 의미하는 건지, 당시의 나로서는 상상조차 할 수 없었다. 하지만 설사 상대가 얼음사나이가 아니었더라도, 나는 역시 마찬가지로 아무것도 알 수 없었을 거라고 생각한다.

엄마와 언니는 나와 얼음사나이와의 결혼을 강력히 반대했다. 넌 결혼하기에는 아직 너무 어려, 하고 그들은 말했다. 도대체 상대방의 정확한 신원이나 경력조차 아는 게 없잖니? 어디에서 언제 태어났는지조차 말이야. 그런 사람과 결혼하면 친척들한테도 알릴 수 없을 거야. 게다가 너, 상대는 얼음사나이라고. 어쩌다 잘못해서 녹아버리기라도 하면 어떡할래? 하고 그들은 말했다. 넌 아직 잘 모르겠지만, 결혼이란 건 반드시 책임이 뒤따르는 거야. 얼음사나이가 과연 정말 남편으로서 어엿한 책임을 다할 수 있다고 생각하니.

하지만 그런 걱정은 모두 쓸데없는 것이었다. 얼음사나이는 얼음으로 만들어진 존재가 아니었다. 얼음사나이는 단지 얼음처럼 차갑다는 것뿐이다. 그러니까 혹시 주위가 따뜻해지더라도 그 때문에 녹아버리거나 하지는 않는다. 그의 차가움은 확실히 얼음과 비슷하다. 하지만 그의 육체는 얼음과는 다르다. 분명히 엄청 차갑기는 하지만, 다른 사람의 체온을 빼앗아갈 정도로 차갑지는 않다.

그렇게 해서 우리는 결혼했다. 누구에게도 축복받지 못한 결혼이었다. 친구들도, 부모님도, 자매들도, 그 누구도 우리의 결혼을 기뻐해주지 않았다. 결혼식조차 올리지 않았다. 혼인신고를 하려고 해도 얼음사나이는 호적조차 갖고 있지 않았다. 우리 둘이서, 우리는 결혼했다고 정했을 뿐이었다. 우리는 작은 케이크를 사갖고 와서 같이 나눠 먹었다. 그것이 우리의 조촐한 결혼식이었다. 우리는 자그마한 아파트를 빌렸고, 얼음사나이는 생활비를 벌기 위해 쇠고기를 보관하는 냉동 창고에서 일했다. 그는 뭐니 뭐니 해도 추위에 강했고, 아무리 일해도 피로라는 걸 몰랐다. 밥조차 별로 먹지 않았다. 고용주는 당연히 얼음사나이를 아주 마음에 들어했다. 그래서 다른 사람들보다 훨씬 높은 급료를 주었다. 우리는 누구에게도 방해받지 않고, 누구를 방해하는 일도 없이, 단 둘이 조용하고 행복하게 살았다.

얼음사나이에게 안길 때면, 나는 어딘가에 고요히 존재하고 있을 얼음 덩어리를 떠올렸다. 얼음사나이는 그 얼음 덩어리가 있는 곳을 알 것이다. 단단한, 그 이상 단단한 것은 없을 정도로 단단하게 얼어붙은 얼음 말이다. 그것은 세상에서 가장 큰 얼음 덩어리다. 그러나 그것은 아주 먼 곳에 있다. 얼음사나이는 바로 그 얼음의 기억을 이 세계에 전하고 있는 것이다. 처음 얼마 동안 나는 얼음사나이에게 안길 때 약간 망설였다. 하지만 얼마 안 있어 익숙해졌다. 그리고 나는 이제 얼음사나이에게 안기는 것 역시 사랑하게 되었다. 그는 여전히 자신에 관한 것은 전혀 말하지 않았다. 어떻게 해서 그가 얼음사나이가 되었는지에 대해서도. 나 역시 아무것도 묻지 않았다. 우리는 어둠 속에서 서로 끌어안고, 묵묵히 그 거대한 얼음을 공유했다. 그 얼음 속에는 몇억 년에 걸친 세계의 모든 과거가 있는 그대로 정결하게 밀폐되어 있는 것이다.

우리의 결혼 생활에 딱히 문제라고 할 만한 것은 없었다. 우리는 서로 깊이 사랑했으며, 그 사랑을 방해하는 것도 없었다. 주위 사람들은 얼음사나이의 존재에 좀처럼 친숙해지지 않는 듯했지만, 그래도 시간이 흐르자 그들 역시 조금씩 얼음사나이에게 말을 걸게 되었다. 얼음사나이라고 해도 보통 사람과 그렇게 다를 건 없네요, 하고 그들은 말했다. 그러나 그들은 물론 마음속으로는 여전히 얼음사나이를 받아들이지 않았으며, 그와 결혼한 나 역시 받아들이지 않았다. 우리는 그들과는 다른 종류의 인간이며, 아무리 시간이 흘러도 그 틈새가 메워질 것이라고는 생각되지 않았다.

우리 사이에는 좀처럼 아이가 생기지 않았다. 어쩌면 인간과 얼음사나이는 유전자의 결합 자체가 어려운 것인지도 모른다. 어쨌든 아이가 없는 탓도 있고 해서 나는 남아도는 시간을 주체할 수 없었다. 아침나절에 집안일을 해치워버리고 나면 더 이상 아무 할 일이 없었다. 나는 대화를 나누거나 같이 외출할 만한 친구도 없었고, 친하게 지내는 이웃도 없었다. 엄마와 언니, 동생은 내가 얼음사나이와 결혼한 것에 대해 여태껏 화를 풀지 않고 있어 나와는 말도 하지 않으려 했다. 내 어머니와 자매들은 나를 집안의 수치로 생각했던 것이다. 내게는 전화를 걸 만한 사람조차 없었다. 얼음사나이가 창고에서 일하는 동안, 나는 줄곧 혼자서 집 안에 틀어박혀 책을 읽거나 음악을 듣거나 했다. 원래 나는 바깥에 나돌아다니는 것보다 집 안에 있는 것을 더 좋아했고, 혼자 있는 것을 별반 싫어하지 않는 편이었다. 그렇다고는 하지만 나는 아직 젊었고, 그런 아무 변화 없는 일상의 반복이 점점 고통스럽게 여겨지기 시작했다. 나를 괴롭힌 것은 지루함이 아니

        얼음사나이

었다. 내가 견딜 수 없었던 건 그 반복성이었다. 그런 반복 속에서 어쩐지 나 자신이 반복되는 그림자처럼 여겨지는 것이었다.

그래서 어느 날 나는 남편에게 제안했다. 기분 전환 삼아 둘이서 어딘가 여행이라도 하지 않겠어, 하고. 여행? 하고 얼음사나이는 되물었다. 그는 눈을 가늘게 뜨고 나를 바라보았다. 도대체 무엇 때문에 여행 같은 걸 해야 하는 거야? 당신은 나와 같이 있는 게 행복하지 않은 거야?

그렇지 않다니까, 하고 나는 말했다. 난 행복해. 우리 사이에는 아무런 문제도 없어. 하지만 말이야, 난 따분해. 어딘가 멀리 가서 한 번도 본 적 없는 것을 보고 싶어. 마셔본 적 없는 공기를 마셔보고 싶어. 알겠어? 게다가 우린 신혼여행도 가지 않았잖아. 이제 저축한 돈도 적잖이 모였고, 유급휴가도 잔뜩 쌓여 있잖아. 느긋하게 여행 한번 갔다 와도 괜찮지 않아?

얼음사나이는 얼어붙을 듯한 깊은 한숨을 쉬었다. 한숨은 공중에서 쨍하는 소리와 함께 얼음의 결정체로 변했다. 그는 서리가 긴 긴 손가락을 무릎 위에서 깍지 끼었다. 그렇군, 만약 당신이 그렇게 여행을 하고 싶다면 반대할 이유는 없어. 나는 여행이 그렇게 좋은 거라고는 생각하지 않지만, 그걸로 당신이 행복해질 수 있다면 난 뭐든지 할 것이고, 어디라도 갈 거야. 냉동 창고 일 역시 쉬려고 하면 쉴 수 있을 거야. 지금까지 꽤 열심히 일해왔으니까. 아무 문제 없을 거야. 그건 그렇고 당신은 어디를 여행하고 싶은 거야?

남극 같은 데는 어떠냐고 나는 말했다. 내가 남극을 선택한 것은 추운 곳이라면 얼음사나이가 흥미를 갖지 않을까 해서였다. 그리고 솔직히 말하자면, 나는 훨씬 오래전부터 남극에 한번 가보고 싶었다. 오로라도 보고 싶었고, 펭귄도 보고 싶었다. 나는 후드 달린 모피 코트를 입고, 오로라 아래서 펭귄 무리와 노는 모습을 상상했다.

내 말에 남편인 얼음사나이는 내 눈을 뚫어지게 바라보았다. 눈 한 번 깜박이지 않았다. 그의 시선은 마치 뾰족한 고드름처럼 내 눈을 통해 머리 뒤쪽까지 꿰뚫고 지나갈 듯했다. 그는 잠시 말없이 생각에 잠긴 듯했으나, 이윽고 콕콕 찌르는 듯한 목소리로 좋다고 말했다. 좋아, 당신이 가고 싶다는데 남극에 가야지. 정말 그걸로 된 거지?

나는 고개를 끄덕였다.

이 주 후라면 나도 장기 휴가를 낼 수 있을 거야. 그사이에 여행 준비도 할 수 있을 거고. 정말 그걸로 괜찮은 거지?

그렇지만 나는 바로 대답할 수 없었다. 얼음사나이가 고드름 같은 시선으로 너무도 강렬하게 응시하는 바람에 머릿속이 차갑게 마비되어버렸던 것이다.

시간이 지날수록 나는 남편에게 남극에 가자고 한 것을 후회하게 되었다. 왜 그런지는 알 수 없었다. 내가 '남극'이란 말을 꺼낸 이후로, 남편의 뭔가가 변해버린 듯한 기분이 들었다. 그의 고드름 같은 눈은 전보다도 훨씬 날카로워졌고, 숨결은 전보다 훨씬 새하얘졌으며, 손가락에는 전보다 서리가 많이 끼게 되었다. 또한 전보다 훨씬 말수가 줄고, 더욱 완고하게 변한 것 같았다. 그는 이제 더 이상 아무것도 먹지 않게 되었다. 그런 일들이 나를 몹시 불안하게 했다. 여행을 떠나기 닷새 전, 큰맘 먹고 남편에게 제안해보았다. 남극에 가는 건 역시 그만두는 게 좋겠어, 하고 나는 말했다. 생각해보니까 남극은 아무래도 엄청 추울 것 같고, 그런 추위는 몸에도 좋지 않을 것 같아. 좀 더 사람들이 흔히 가는 곳으로 가는 게 좋지 않을까 하는 생각이 들어. 유럽이 좋을 것 같은데. 스페인 근처에서 느긋하게 쉬었다 오자. 와인을 마시거나, 파에야를 먹거나, 투우를 보면서 말이야. 하지만 남편은 받아들이지 않았다. 그는 얼마 동안 꼼짝 않고 먼 곳을 응시했다. 그러고는 내 얼굴을 바라보았다. 내 눈을 가만히 들여다보았다. 그 시선이 너무나도 깊어, 어쩐지 내 육체가 그대로 사라져버릴 것 같은 생각이 들 정도였다. 아니, 나는 스페인 같은 데는 별로 가고 싶지 않아, 하고 남편인 얼음사나이는 딱 잘라 말했다. 미안하지만 스페인은 내겐 너무 덥고, 또 먼지투성이인 나라야. 음식도 너무 맵고. 게다가 남극행 티켓을 벌써 사버렸단 말이야. 당신을 위해 모피 코트랑 털 달린 부츠까지 사놓았어. 그런 걸 모조리 쓸모없게 만들 순 없잖아. 이제 와서 안 간다는 건 말이 안 돼.

솔직히 나는 두려웠다. 남극에 가면 우리에게 뭔가 돌이킬 수 없는 일이 일어날 것만 같은 예감이 들었다. 나는 몇 번이고 몇 번이고 불길한 꿈을 꾸었다. 언제나 같은 꿈이었다. 산책을 하다가 지면에 뚫려 있는 깊은 구멍 속으로 떨어지는데 누구에게도 발견되지 못한 채 그대로 얼어붙어버리는 것이다. 나는 얼음 속에 갇힌 채 가만히 하늘을 보고 있다. 내겐 의식은 있지만, 어쩐지 손가락 하나 까딱할 수 없다. 그것은 지독하게 이상한 기분이다. 나 자신이 시시각각 과거로 변해가는 것을 알 수 있다. 내게는 미래라는 것이 없다. 그저 과거를 쌓아가는 것뿐이다. 그리고 모두들 그런 나를 가만히 바라보고만 있다. 그들은 과거를 보고 있다. 나는 뒤쪽으로 스쳐 사라져가는 광경인 것이다.

그리고 잠에서 깨어난다. 옆에는 얼음사나이가 자고 있다. 그는 숨 한번 쉬지 않고 자고 있다. 마치 죽어서 얼어붙어버린 것처럼. 그래도 나는 얼음사나이를 사랑한다. 나는 운다. 내 눈물이 그의 뺨에 떨어진다. 그러면 그는 잠에서 깨어나 나를 끌어안는다. 나쁜 꿈을 꿨어, 하고 나는 말한다. 그는 어둠 속에서 천천히 고개를 젓는다. 그건 단지 꿈일 뿐이야, 하고 그는 말한다. 꿈은 과거에서 오는 거야. 미래에서 오는 게 아니지. 꿈은 당신을 속박하거나 하지 않아. 당신이 꿈을 속박하고 있는 거지. 알겠어?

으응, 하고 나는 말한다. 그러나 나는 확신할 수 없다.

결국 나와 남편은 남극행 비행기에 올랐다. 여행을 중단시

킬 만한 이유를 아무리 해도 찾을 수 없었기 때문이다. 남극행 비행기의 조종사와 스튜어디스는 모두 심하다 싶을 정도로 말이 없었다. 나는 창밖의 풍경을 보고 싶었지만, 구름이 두껍게 잔뜩 끼어서 아무것도 보이지 않았다. 잠시 후 창문마다 성에가 끼어버렸다. 남편은 줄곧 말없이 책을 읽고 있었다. 나는 이제부터 여행을 떠난다는 흥분이나 기쁨 같은 건 느낄 수 없었다. 그저 하기로 한 일을 어김없이 진행할 뿐이었다.

트랩에서 내려 남극의 대지에 발을 딛는 순간, 남편의 몸이 크게 움찔하는 것이 느껴졌다. 눈 깜짝하는 순간보다 짧게, 일순간의 반절도 안 되는 사이였기 때문에 아무도 그걸 눈치채지 못했고, 남편은 얼굴에 털끝만큼의 변화도 보이지 않았으나, 나는 그 순간을 놓치지 않았다. 남편의 몸속에서 뭔가가 격렬하게, 그러나 은밀히 흔들렸던 것이다. 나는 가만히 남편의 옆얼굴을 바라보았다. 그는 그 자리에 멈춰 서서 하늘을 올려다보고, 자신의 손을 들여다보더니 크게 숨을 내쉬었다. 그리고 내 얼굴을 보며 빙그레 웃었다. 이곳이 당신이 오고 싶어했던 땅인가, 하고 그는 말했다. 그래, 하고 나는 말했다.

어느 정도 예상하긴 했지만, 그래도 남극은 모든 예상을 넘어서 아주 적막한 땅이었다. 그곳에는 사람도 거의 살고 있지 않았다. 거기에는 특징 없는 작은 마을 하나가 덩그러니 있을 뿐이었다. 마을에는 역시 아무 특징 없는 작은 호텔이 하나 있었다. 남극은 관광지가 아닌 것이다. 거기에는 펭귄조차 없었다. 오로라도 보이지 않았다. 나는 어쩌다 한두 명 지나가는 사람들에게 어디로 가야 펭귄을 볼 수 있는지 물어보았다. 그러나 사람들은 말없이 고개를 저을 뿐이었다. 그들에게는 내 말이 통하지 않는 것이었다. 그래서 나는 종이에 펭귄을 그려서 보여주었다. 그래도 역시 그들의 반응은 변함이 없었다. 나는 고독했다. 마을에서 한 발자국 벗어나면, 거기에는 온통 얼음뿐이었다. 나무도 없고, 꽃도 없고, 강도, 연못도, 아무것도 없었다. 어딜 가든 보이는 것은 얼음뿐이었다. 어디까지나 어디까지나 얼음의 황야가 이어져 있었다.

하지만 남편은 하얀 숨을 내쉬며 손가락에 서리가 낀 채 고드름 같은 눈으로 먼 곳을 노려보면서, 이곳저곳 여러 장소를 지칠 줄도 모르고 정력적으로 돌아다녔다. 그리고 이내 이곳의 언어를 익혀 마을 사람들과 얼음처럼 딱딱하게 울리는 목소리로 대화를 나누었다. 그들은 몇 시간이고 진지한 얼굴로 대화를 했다. 그들이 대체 무엇에 대해서 그렇게 열심히 이야기를 하는지 나는 전혀 알아들을 수 없었다. 남편은 그곳에 완전히 빠져들었다. 거기에는 남편의 마음을 사로잡는 무언가가 있었던 것이다. 처음에 나는 그 때문에 무척 신경이 곤두서 있었다. 나 혼자 남겨져버린 듯한 기분이었다. 남편에게 배신당하고 버림받은 것처럼 느껴졌다.

그리고 마침내 두꺼운 얼음에 둘러싸인 과묵한 세계 속에서 나는 모든 힘을 잃어갔다. 조금씩 조금씩. 얼마 후에는 초조해할 기력조차 남아 있지 않았다. 마치 감각의 나침반 같은 것을 어딘가에서 잃어버린 것 같았다. 나는 방향 감각을 잃고, 시간 감각을 잃고, 나라는 존재의 무게에 대한 느낌을 잃어갔다. 그것이 언제 시작돼서 언제 끝났는지는 모른다. 문득 정신을 차려보니, 나는 얼음의 세계 속에서 색깔이 사라져버린 영원한 겨울 속에 홀로 남아 무감각하게 유폐되어 있었다. 대부분의 감각을 상실한 후에도 나는 이것만큼은 확실히 알 수 있었다. 남극에 있는 이 나의 남편은 예전의 나의 남편은 아닌 것이다. 딱히 어디가 달라진 것은 아니다. 그는 예전과 마찬가지로 늘 나를 위해 마음을 써주고 부드러운 말을 건네준다. 그 말이 그의 본심에서 우러나온 말이라는 것도 잘 알고 있다. 그렇지만 나는 역시 느낄 수 있다. 얼음사나이는, 스키장의 호텔에서 만났던 그 얼음사나이와는 다른 얼음사나이라는 것을. 그러나 나는 그 사실을 누구한테도 말할 수 없다. 남극 사람들은 다들 그에게 호감을 품고 있으며, 나의 언어는 그들과 한 마디도 통하지 않는 것이다. 모두들 하얀 숨을 내뿜으며, 얼굴에 서리를 띠고 쿡쿡 찌르는 듯한 소리를 내는 남극의 언어로 농담을 하거나, 토론을 하거나, 노래를 부르고 있었다. 나는 줄곧 혼자서 호텔 방에 틀어박혀 앞으로 몇 달이고 개지 않을 것 같은 잿빛 하늘을 바라보며, 엄청나게 까다로운 (그리고 나로서는 익혀질 턱이 없는) 남극어의 문법을 공부하고 있었다.

비행장에는 이제 비행기가 없었다. 우리를 태우고 왔던 비행기가 떠나버린 후, 그곳에 착륙하는 비행기는 이제까지 단 한 대도 없었다. 그리고 활주로는 얼마 안 있어 딱딱한 얼음

밑에 묻혀버렸다. 내 마음과 똑같이.

겨울이 온 거야, 하고 남편은 말했다. 굉장히 긴 겨울일 거야. 비행기도 오지 않고, 배도 오지 않을 거야. 이것저것 모두 다 얼어붙어버렸어. 아무래도 우리는 여기서 봄까지 기다릴 수밖에 없을 것 같아, 하고 그는 말했다.

내가 임신했다는 걸 알게 된 것은 남극에 온 지 삼 개월이 지난 무렵이었다. 나는 알고 있었다. 내가 낳을 아이는 또 하나의 작은 얼음사나이라는 것을. 내 자궁은 얼어붙었고, 양수에는 살얼음이 끼어 있었다. 나는 그 냉기를 배 속으로 느낄 수 있었다. 나는 알고 있었다. 그 아이는 아버지와 마찬가지로 고드름 같은 눈을 하고, 손가락에는 서리가 끼어 있을 것이다. 그리고 또한 나는 알고 있었다. 새로운 우리 가족이 남극 바깥으로 나가는 일은 두 번 다시 없을 거라는 것을. 영원한 과거가, 그 헤아릴 수 없는 무게가, 우리의 발목을 꽉 옭아매고 있었다. 그리고 우리는 이제 그 덫을 뿌리칠 수 없게 된 것이다.

지금 내게는 마음이라는 것이 거의 남아 있지 않다. 내 온기는 아주 멀리 사라져버렸다. 때때로 나는 그 온기조차 잊

어버린다. 그러나 아직 어쨌든 울 수는 있다. 나는 이제 정말
로 외톨이다. 이 세계의 그 누구보다도 고독한, 차디찬 곳에
남겨진 것이다. 내가 울면, 얼음사나이는 내 뺨에 입을 맞춘
다. 그러면 내 눈물은 얼음으로 변한다. 그러면 그는 그 눈물
의 얼음을 손으로 떼어내어 혀 위에 올려놓는다. 저 말이야,
난 당신을 사랑해, 하고 그는 말한다. 그것은 거짓말이 아니
다. 그건 잘 알고 있다. 얼음사나이는 나를 사랑하고 있다.
하지만 어디서인지 불어닥친 바람이 하얗게 얼어붙은 그의
말을 과거로 과거로 계속 날려버린다. 나는 운다. 얼음 눈물
이 계속 뚝뚝 떨어진다. 머나먼 남극의 얼음 집 안에서.

토니 다키타니

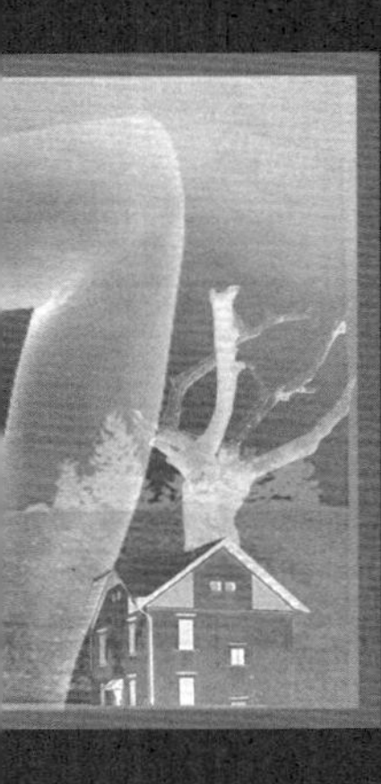

토니 다키타니의 진짜 이름은, 정말로 토니 다키타니였다.

그는 그런 이름(호적에는 물론 다키타니 토니라는 이름으로 등재되어 있지만)과 얼마간 윤곽이 뚜렷한 얼굴, 그리고 곱슬머리 때문에 어린 시절에는 자주 혼혈아로 오해를 받기도 했다. 태평양전쟁이 끝난 직후였기 때문에 미군의 피가 섞인 혼혈아들을 심심찮게 볼 수 있던 시절이었다. 그러나 실제로 그의 부모는 어엿한 일본인이었다. 그의 아버지는 다키타니 쇼자부로라고 하는, 전쟁 전에 약간은 이름이 알려진 재즈 트롬본 연주자였다. 그러나 태평양전쟁이 일어나기 사 년쯤 전에, 여자 문제로 얽혀 도쿄를 떠나지 않을 수 없게 되었다. 어차피 도쿄를 떠나야 한다면 하는 심정으로 그는 악기 하나만 달랑 들고 중국으로 건너갔다. 그 당시 나가사키에서 배를 타면 상하이까지 하루면 갈 수 있었다. 그는 도쿄나 일본 어디에서도, 잃어버리면 어려움을 겪게 될 만한 것은 전혀 갖고 있지 않았다. 그래서 미련을 느낄 만한 일도 전혀 없었다. 게다가 무엇보다도 당시 상하이라는 도시가 떠올리게 하는 기교적인 화려함이 그의 성격과 딱 맞는 것 같았다. 양쯔 강을 거슬러 올라가는 배의 갑판 위에서, 아침 햇살에 빛나는 상하이의 화려한 거리를 본 순간부터, 다키타니 쇼자부로는 그 거리에 매료되어버렸다. 그 빛은 그에게 엄청나게 밝고 희망찬 무엇인가를 약속하고 있는 듯이 보였다. 그때 그의 나이 스물한 살이었다.

그런 이유로 그는 중일전쟁부터 진주만 공습, 그리고 원자폭탄 투하에 이르는 전쟁과 격동의 시대를 상하이 나이트클럽에서 유유히 트롬본을 불며 보냈다. 전쟁은 그와는 전혀 상관없는 곳에서 벌어지고 있었다. 요컨대 다키타니 쇼자부로는 역사에 대한 의지라든가 성찰 같은 것은 조금도 갖고 있지 않은 인간이었던 것이다. 자기가 좋아하는 트롬본을 불 수 있고, 아쉬운 대로 괜찮은 식사를 하루 세끼 먹을 수 있고, 여자 몇 명쯤 주위에 있으면, 그 이상은 별로 바랄 것이 없었다.

사람들은 대부분 그를 좋아했다. 젊고 남자다운 데다 악기

다루는 솜씨도 뛰어났기 때문에 어디를 가도 눈 오는 날의 까마귀처럼 눈에 띄었다. 셀 수도 없을 만큼 많은 여자와 잠자리를 같이했다. 일본 여자에서 중국 여자, 백계(1917년 러시아혁명 후 소비에트 정권에 반대하여 국외로 망명한 러시아인-옮긴이) 러시아 여자, 매춘부에서 유부녀, 예쁜 여자에서 그다지 예쁘지 않은 여자에 이르기까지, 그는 여자라면 가리지 않고 닥치는 대로 섹스를 했다. 다키타니 쇼자부로는 그 달콤한 트롬본 음색과 거대하고 활동적인 페니스로, 당시 상하이의 명물적 존재로까지 이름을 떨쳤다.

그는 또—본인은 별로 의식한 바가 아니지만—자신에게 '도움이 되는' 친구를 사귀는 재능도 풍부했다. 그는 육군의 고관이나 중국의 갑부들, 그 밖에도 갖은 수단을 동원해서 전쟁에서 막대한 이익을 챙기고 그 재력을 바탕으로 당당한 위세를 자랑하는 패거리들과도 친하게 지냈다. 그들은 대부분 옷 속에 항상 권총을 감추고 다니며, 건물 밖으로 나올 때에는 먼저 길거리를 좌우로 휘둘러보는 유형의 사람들이었으나, 다키타니 쇼자부로는 기이하게도 그런 사람들과 잘 맞았다. 그들은 다키타니를 유난히 귀여워했다. 뭔가 문제가 생기면, 그들은 흔쾌히 다키타니 쇼자부로의 편의를 도모해 주었다. 그 시절의 다키타니 쇼자부로에게 있어 인생이란 참으로 식은 죽 먹기나 다름없는 일이었다.

그러나 그런 대단한 능력도 때로는 예기치 않게 뒤틀릴 수 있다. 전쟁이 끝난 후에 그는 이래저래 수상쩍은 무리들과 어울린 탓에 중국군으로부터 범죄 혐의를 받고, 오랫동안 교도소에 처박히게 되었다. 그와 비슷한 경우로 투옥된 무리 가운데 많은 수는 제대로 재판도 받지 못한 채 닥치는 대로 처형당하고 말았다. 어느 날 아무런 예고도 없이 교도소 안마당으로 끌려나와 자동권총으로 머리를 맞고 죽어갔다. 처형은 언제나 오후 두 시에 집행되었다. 탕 탕 하는, 견고하게 압축된 듯한 자동권총의 총성이 교도소의 안마당을 울렸다.

그건 다키타니 쇼자부로에게 있어 인생의 최대 위기였다. 그곳에서는 생과 사의 경계가 그야말로 머리카락 한 오라기 정도의 틈새밖엔 없었다. 죽는다는 것 자체는 그렇게 두렵지 않았다. 머리에 총알이 꿰뚫리고 나면 그것으로 끝장인 것이다. 고통은 그저 한순간에 끝나고 만다. 지금까지 나는 그야말로 하고 싶은 대로 하며 살아왔고, 무수히 많은 여자와도 같이 잤다. 맛있는 것도 먹었고, 좋은 경험도 다양하게 했다. 인생에 대한 미련은 별로 없다. 여기서 간단하게 죽임을 당한다고 해도 불평할 처지는 아니었다. 이번 전쟁으로 몇백만 명의 일본인이 죽음을 맞지 않았는가. 처참하게 죽어간 사람만 해도 얼마든지 있지 않은가. 그는 그렇게 마음을 다잡아먹고, 독방에서도 태평스레 휘파람을 불며 시간을 보냈다. 날이면 날마다 작은 철창 밖으로 흘러가는 구름의 모습을 바라보며, 얼룩투성이의 벽 위에다 그동안 품에 안았던 여자들의 얼굴이며 몸매를 하나하나 떠올려갔다. 그러다 결국 다키타니 쇼자부로는 그 교도소에서 살아나와 일본으로 귀국할 수 있었던 단 두 명의 일본인 중 하나가 되었다.

다키타니 쇼자부로가 홀쭉하게 말라빠진 몸 하나만으로 일본으로 돌아온 것은, 쇼와 21년(1946년)의 봄이었다. 귀국해보니 도쿄의 자기 집은 지난해 삼월의 도쿄대공습으로 불타 없어지고, 부모님 역시 그때 모두 돌아가시고 계시지 않았다. 유일한 혈육인 형은 미얀마 전선에서 행방불명이 된 상태였다. 결국 다키타니 쇼자부로는 천애 고아의 몸이 되고만 것이다. 그러나 그 사실에 대해 그는 그렇게 슬프다거나 괴롭다고 느끼지 않았으며 별 충격도 받지 않았다. 물론 상실감 같은 건 있었다. 그러나 어차피 사람이란 언젠가는 혼자가 될 수밖에 없는 법이다. 그는 그때 서른 살의 해를 맞이하고 있었다. 외톨이가 되었다고 해서 누군가에게 하소연할 만한 나이도 아니었다. 한꺼번에 몇 살의 나이를 먹어버린 듯한 기분이 들었다. 하지만 그뿐이었다. 그 이상의 감정은 별로 우러나지 않았다.

그렇다, 다키타니 쇼자부로는 어찌 됐든 살아남았고, 살아남은 이상 앞으로도 계속 살아남을 수 있도록 머리를 쓰지 않으면 안 되었다.

달리 할 만한 일도 없고 해서, 그는 옛날에 알고 지내던 지인에게 부탁해서 자그마한 재즈 밴드를 결성하고, 미군 부대를 돌며 공연을 하기 시작했다. 그리고 거기서 타고난 친화력의 장점을 발휘해서 재즈를 좋아하는 미군 소령과 친구나 다름없는 사이가 되었다. 그 소령은 뉴저지 주 출신의 이탈리아계 미국인으로, 그 자신도 클라리넷을 부는 솜씨가 대단했다. 게다가 보급부에 관계된 직책을 맡고 있었기 때문에, 필요한 레코드가 있으면 원하는 만큼 얼마든지 본국에서 들여올 수도 있었다. 시간이 날 때면 두 사람은 곧잘 함께 연주를 했다. 소령의 숙소로 가 맥주를 마시면서 바비 해켓이라든가, 잭 티가든이라든가, 베니 굿맨이라든가 하는 계열의 좋아하는 재즈 레코드를 들으며 열심히 악보를 베꼈다. 소령은 그를 위해서 당시로서는 구하기 어려운 식료품이며 우유며 술을 얼마든지 구해주었다. 여간 좋은 시대가 아닌가, 하고 다키타니 쇼자부로는 생각했다.

그가 결혼한 것은 쇼와 22년(1947년)의 일이었다. 상대는 외가 쪽의 먼 친척뻘 되는 집안의 딸이었다. 어느 날 길을 걷다가 우연히 딱 마주쳤는데, 그때 차를 마시면서 친척들의 소식을 듣기도 하고 옛날 일을 떠올리면서 많은 이야기를 나누었다. 그 후로 두 사람은 자주 왕래하게 되었고, 이윽고 자연스럽게—아마도 그녀가 임신한 탓이 아닐까 짐작되기도 하지만—같이 살게 되었다.

그것이 토니 다키타니가 아버지의 입을 통해 들은 이야기의 전부였다. 다키타니 쇼자부로가 얼마만큼 아내를 사랑했는지, 토니 다키타니로서는 알 수 없었다. 예쁘고 얌전한 여자였는데, 몸이 별로 건강한 편이 아니었다고 아버지는 말했다.

결혼한 이듬해에 사내아이가 태어났다. 아들이 태어난 지 사흘 만에 어머니는 죽었다. 별안간 그녀는 죽었고, 부자가 미처 정신을 차리기도 전에 재가 되어버렸다. 아주 조용한 죽음이었다. 아무런 갈등도 없이, 고통다운 고통도 없이, 훌쩍 사라지듯 죽어버린 것이다. 누군가가 뒤로 돌아가 살짝 전원 스위치를 꺼버린 것처럼.

다키타니 쇼자부로는 그런 아내의 죽음을 대체 어떻게 느껴야 좋을지 알지 못했다. 그는 그런 감정에는 익숙하지 못했던 것이다. 뭔가 평평한 원반 같은 것이 가슴속으로 쑥 들어온 것 같은 기분이었다. 하지만 그것이 어떤 종류의 물체이며, 어째서 거기에 있는지, 그로서는 도무지 이해할 수 없었다. 그저 그 물체는 계속 거기에 있으면서, 그가 더 이상 깊이 생각하는 것을 막고 있었다. 그런 이유로 다키타니 쇼자부로는 그로부터 일주일간, 거의 뭐 하나 어떤 일도 생각하지 않고 지냈다. 병원에 맡겨둔 채로 있던 아들에 관한 일조차 잊고 있을 정도였다.

소령은 그런 다키타니를 부모가 친아들에게 하듯 위로해

주었다. 두 사람은 거의 매일같이 군 기지에 있는 바에서 술을 마셨다. 이봐, 이제부터 자네는 바짝 정신을 차려야 하네. 무슨 일이 있어도 아이만큼은 잘 길러야 해, 하고 소령은 그에게 강하게 말했다. 소령이 도대체 무슨 말을 하는지 알 수는 없었지만, 그는 말없이 고개를 끄덕였다. 적어도 자신을 염려해주는 상대의 호의만큼은 이해할 수 있었던 것이다. 그러고 나서 소령은 갑자기 생각났다는 듯, 만약 괜찮다면 자신이 그 아이의 이름을 지어주고 싶다고 의향을 물었다. 아, 그래요, 하고 그는 대답했다. 그때서야 다키타니 쇼자부로는 아직 아이의 이름조차 짓지 않았다는 사실을 깨달았다.

소령은 자신의 이름을 따서 그 아이의 이름을 토니라고 하면 좋겠다고 했다. 토니라는 이름은 아무리 생각해도 일본 아이의 이름으로는 어울리지 않았지만, 그것이 어울리는 이름인지 아닌지 하는 의문은, 소령의 머리에는 한순간도 떠오르지 않은 것 같다. 집으로 돌아온 다키타니 쇼자부로는 종이에 '다키타니 토니'라는 이름을 써서 벽에 붙여놓고, 며칠 동안 바라보았다. 다키타니 토니, 나쁘지 않은 것 같은데, 하고 다키타니 쇼자부로는 생각했다. 이제부터 얼마 동안은 미

토니 다키타니

국의 시대가 계속될 것이니, 아들에게 미국식 이름을 붙여주는 게 여러모로 편리할지도 모른다.

하지만 토니 다키타니는 이름 때문에 학교에서 혼혈아라고 놀림당하기 일쑤였다. 그가 이름을 말할 때면 상대방은 묘한 표정을 짓거나, 더러는 약간 혐오스럽다는 표정을 짓기도 했다. 많은 사람들은 그의 이름을 언짢은 농담처럼 받아들였고, 더러는 화를 내는 사람마저 있었다.

토니 다키타니는 그런 탓도 있고 해서, 마음의 문을 닫아버린 채 혼자 웅크리고 있을 때가 많은 소년이 되고 말았다. 친구다운 친구 하나 사귈 수 없었지만, 그는 그런 사실을 특별히 괴롭다고는 생각하지 않았다. 혼자 있는 건 그에게 있어서는 극히 자연스러운 일이며, 굳이 말하자면 인생에서 겪을 수밖에 없는 일종의 전제 조건이라고까지 생각하기도 했다. 그가 철이 들었을 무렵부터 그의 아버지는 늘 악단을 이끌고 연주 여행을 떠났다. 어렸을 때는 파출부가 보살펴주었지만, 초등학교 고학년이 되자 그는 뭐든 혼자서 하는 일에 익숙해졌다. 혼자서 음식을 만들고, 혼자서 문단속도 하고, 혼자서도 잘 잤다. 그다지 외롭다고는 생각하지 않았다. 이것저것 누군가의 도움을 받는 것보다는 스스로 하는 편이 더 마음이 편했다. 어찌 된 영문인지 다키타니 쇼자부로는 아내가 죽은 후로, 두 번 다시 결혼은 하지 않았다. 물론 여전히 많은 여자와 사귀었지만, 그중 누군가를 집으로 데리고 오는 일은 한 번도 없었다. 그 역시 아들과 마찬가지로 혼자서 살아가는 데 익숙해진 듯했다. 아버지와 아들의 관계도 그런 생활에서 흔히 상상하듯 그다지 소원한 건 아니었다. 하지만 두 사람 다 비슷하게 깊게, 습관으로 고독에 익숙해진 사람들이었기 때문에 어느 쪽도 먼저 나서서 마음을 열려고는 하지 않았다. 그럴 필요를 별로 느끼지 않았던 것이다. 다키타니 쇼자부로는 아버지 역할에 어울리는 사람이 아니었고, 토니 다키타니 역시 아들 역할에 어울리는 사람은 아니었던 것이다.

토니 다키타니는 그림 그리는 걸 좋아해서, 매일 방에 틀어박혀 혼자서 그림만 그렸다. 특히 기계를 그리는 것을 좋아했다. 연필 끝을 바늘처럼 뾰족하게 깎아서 자전거나 라디오, 엔진 같은 기계류의 세밀한 부분을 아주 정교하게 그리는 게 그의 특기였다. 꽃을 그리더라도 잎맥 하나하나까지

      토니 다키타니

세밀하게 그렸다. 누구에게 무슨 말을 들어도 그는 항상 그런 그림밖에는 그릴 줄 몰랐다. 다른 과목의 성적은 그다지 좋은 편이 아니었지만, 미술 성적만큼은 늘 뛰어났다. 콩쿠르가 있으면 대개 1등을 차지했다.

그랬기 때문에 그가 고등학교를 졸업하고 미술대학에 진학하여(대학에 입학한 해부터 그들 부자는 누가 먼저랄 것도 없이 당연한 일처럼 따로 살기 시작했다) 일러스트레이터가 된 것은 지극히 자연스러운 결과였다. 실제로 그 이외의 다른 가능성은 생각할 필요도 없었다. 주위의 또래 청년들이 고민하고, 진로를 모색하고, 고통에 겨워하는 동안 그는 아무 망설임 없이 그저 묵묵히 정밀하고 기계적인 그림을 계속 그려나갔다. 그 당시는 젊은이들이 권위나 체제에 대항해 절실하고도 폭력적으로 반항하던 시대였기 때문에 그가 그리는 극히 사실적인 그림의 가치를 평가해줄 만한 사람은 주위에 거의 존재하지 않았다. 미술대학 교수들은 그의 그림을 보고 쓴웃음을 지었다. 같은 과 동기들은 그의 그림 속에 사상성이 결여되었음을 비판했다. 하지만 토니 다키타니로서는 같은 과 동기들이 그린 '사상성 있는' 그림의 어디가 가치 있는 것인지

도무지 이해되지 않았다. 그의 눈에 비친 그런 그림들은 그저 미숙하고 조악하며 부정확하게 보일 따름이었다.

그런데 일단 대학을 졸업하자 사정은 확 달라졌다. 실전에 잘 맞는 기술과 현실적인 유용성 덕분에, 토니 다키타니는 처음부터 일자리를 쉽게 찾아 거침없이 잘 적응해나갔다. 복잡한 기계나 건축물을 그만큼 정교하게 잘 그릴 수 있는 사람은 아무도 없었다. "실물을 보는 것보다 더 사실적이다"라고 모두들 입을 모아 말했다. 그가 그리는 그림은 사진으로 찍어내는 것보다 정확했고, 어떤 설명을 늘어놓는 것보다도 이해하기 쉬웠다. 그는 얼마 지나지 않아 경쟁사에서 서로 끌어가려고 하는 일러스트레이터가 되었다. 자동차 잡지의 표지 그림에서부터 광고의 일러스트까지, 그는 메커니즘에 관한 그림이라면 뭐든지 맡았다. 일은 매우 즐거웠고, 그만큼 돈도 잘 벌었다.

그사이 줄곧 다키타니 쇼자부로는 트롬본을 유유히 계속 불었다. 모던재즈 시대가 가고, 프리재즈 시대가 되고, 이제 일렉트릭 재즈 시대가 되었지만, 다키타니 쇼자부로는 변함없이 옛날 그대로의 재즈를 계속 연주했다. 일류 연주가라고는 할 수 없지만, 제법 이름이 알려졌기 때문에 늘 일거리는 있었다. 맛있는 음식도 먹을 수 있었고, 주위에 여자도 많았다. 불만이 있는가 없는가의 관점에서 인생을 본다면, 그것은 비교적 성공적인 인생이었다.

토니 다키타니는 쉴 틈 없이 일했고, 이렇다 할 돈 드는 취미도 없었기 때문에 서른다섯 살에 접어들 무렵에는 상당한 자산가가 되어 있었다. 그는 사람들의 권유에 따라 세타가야에 커다란 집을 샀고, 임대 아파트도 몇 채 소유하게 되었다. 그 관리는 모두 세무사가 맡아서 했다.

토니 다키타니는 그때까지 몇 명인가의 여자들과 사귀었다. 젊은 시절, 짧은 기간이긴 하지만 동거를 했던 여자도 있었다. 하지만 결혼에 대해 생각해본 적은 한 번도 없었다. 결혼할 필요성을 별로 느끼지 못했던 것이다. 요리나 청소, 빨래도 전부 스스로 해결했고, 일이 바쁠 때는 계약제 파출부를 부르면 그만이었다. 아이를 원한 적도 한 번도 없었다. 그에게는 뭔가를 상의하거나 마음을 터놓고 이야기할 만한 친한 친구도 없었다. 함께 술잔을 기울일 만한 상대조차 없었다. 그렇다고 해서 그가 편협한 인간은 아니었다. 아버지처럼 타고난 붙임성은 없었지만, 일상생활에서는 아무런 문제 없이 주위 사람들과 자연스레 어울렸다. 그는 잘난 체하지도 않았고, 자랑도 하지 않았다. 자기변명도 하지 않았고, 다른 사람을 헐뜯는 일도 없었다. 자신의 이야기를 떠들어대기보다는 다른 사람의 이야기에 귀를 기울이는 편을 좋아했다. 그 때문에 주변 사람들 대부분은 그를 좋아했다. 하지만 다른 누군가와 현실적인 레벨을 넘어서는 인간관계를 맺는다는 것은 그로서는 아무리 해도 할 수 없었다. 아버지와는 뭔가 볼일이 있을 때만 이삼 년에 한 번 정도 만날 뿐이었다. 얼굴을 마주해도 용건이 끝나면, 두 사람 사이에는 별로 할 말이 없었다. 토니 다키타니의 인생은 그처럼 조용하고 평탄하게 흘러갔다. 나는 아마 평생 결혼할 일은 없을 거야, 하고 그는 생각했다.

그러던 어느 날 갑자기, 토니 다키타니는 사랑에 빠졌다. 상대는 그의 사무실에 일러스트레이션 원고를 받으러 온 거래처 출판사에서 아르바이트를 하는 여자였다. 나이는 스물둘이었다. 그의 사무실에 있는 동안 그녀는 줄곧 조용한 미소를 머금고 있었다. 꽤 예쁘장한 아가씨였지만, 대단하다

할 정도로 눈에 띄는 미인은 아니었다. 하지만 그녀에게는 그의 마음을 격렬하게 요동치게 하는 뭔가 특별한 것이 있었다. 그녀를 처음 본 순간부터 가슴이 꽉 막혀 숨을 잘 쉴 수 없을 정도였다. 그녀 안에 있는 무엇이 그토록 강하게 그의 마음을 사로잡은 것인지, 그 자신도 잘 알 수 없었다. 설령 알았다 하더라도, 그것은 말로는 다 표현할 수 없는 그런 종류의 것이었다.

그리고 나서 그는 그녀의 옷차림에 주의를 기울이게 되었다. 평소 그는 옷차림에는 별로 흥미를 갖지 않았으며, 더욱이 여자들의 옷차림에 일일이 신경을 쓰는 타입도 아니었지만, 그녀가 아주 보기 좋게 입고 있는 옷차림새를 보고, 어쩐지 감탄하지 않을 수가 없었다. 아니, 감동했다고 말하는 편이 좋을 정도였다. 단순히 옷을 잘 입는 여자들은 얼마든지 있었다. 보란 듯이 옷으로 치장한 여자는 그 이상으로 많이 있었다. 하지만 그녀는 그런 여자들과는 전혀 달랐다. 그녀는 마치 머나먼 세계를 향해 날아오르는 새가 특별한 바람을 몸에 걸친 것처럼 매우 자연스럽고, 매우 우아하게 옷을 입고 있었다. 옷도 그녀의 몸에 걸쳐짐으로써 새롭게 생명을 얻은 것처럼 보였다.

그녀가 "고맙습니다" 하며 원고를 받아들고 돌아간 뒤, 그는 한동안 입도 떼지 못했다. 저녁때가 되어 사무실이 온통 깜깜해졌을 때까지 아무것도 하지 않고 그저 멍하니 책상 앞에 앉아 있었다.

그는 이튿날 그 출판사에 전화를 걸어, 그녀가 다시 한 번 자신의 사무실에 와야만 될 구실을 억지로 만들어냈다. 그러고는 용무가 끝난 뒤에 그녀에게 점심을 같이하자고 권했다. 두 사람은 함께 식사하면서 이런저런 이야기를 나누었다. 열다섯 살이나 나이 차가 나는데도 두 사람은 희한할 정도로 말이 잘 통했다. 어떤 이야기를 하든지 죽이 척척 맞았다. 그런 경험은 그에게도, 또 그녀에게도 처음 있는 일이었다. 그녀도 처음에는 긴장한 것 같았으나, 차츰 편하게 웃고 즐겁게 이야기하게 되었다. 당신 옷차림은 언제 봐도 멋지군, 하고 토니 다키타니는 헤어질 때 칭찬의 말을 건넸다. 그저 옷을 좋아하는 것뿐이에요, 하고 그녀는 수줍은 미소를 지으며 달했다. 그래서 월급을 대부분 옷값으로 날려버리는걸요.

그 이후로도 두 사람은 몇 번인가 데이트를 했다. 특별히 어딘가로 가는 것도 아니고, 두 사람은 주로 조용한 곳에 앉아 줄곧 이야기만 했다. 서로의 신상에 관한 이야기나 일에 관한 이야기를 하고, 여러 가지 사물에 대한 느낌이나 생각을 이야기했다. 그들의 대화는 오랫동안 지칠 줄 모르고 계속됐다. 두 사람은 마치 그동안의 공백을 메우려는 듯이 하염없이 이야기를 이어갔다. 그리고 다섯 번째 만남이 있던 날, 그는 청혼을 했다. 그러나 그녀에게는 고등학교 때부터 사귀던 남자친구가 있었다. 해와 달이 지나감에 따라 그 둘은 잘 어울리지 못하게 되었고, 이제는 만날 때마다 쓸데없는 일로 말다툼을 하는 일이 잦아졌다. 그녀로서는 토니 다키타니와 함께 있는 시간이 훨씬 더 즐거웠다. 하지만 그렇다고 해서 오랜 남자친구와의 관계를 바로 끊어버릴 수는 없었다. 그녀에게도 그녀 나름의 생각이 있었다. 그리고 토니 다키타니와 그녀는 열다섯 살이나 나이 차가 났다. 그녀는 아직 젊었고, 인생을 알기에는 아직 어린 나이였다. 그 열다섯이라는 나이 차가 앞으로 어떤 의미를 갖게 될 것인지, 가늠하기 어려웠다. 그녀는 조금 생각할 시간이 필요하다고 말했다.

그녀가 결정을 미루고 있는 동안 토니 다키타니는 매일 혼자 술을 마셨다. 일이 손에 잡히지 않았다. 고독이 돌연 알 수 없는 무거운 압력으로 그를 짓누르며 고뇌에 빠지게 했다. 고독이란 감옥과 같은 것이라고 그는 생각했다. 나는 지금까지 그 사실을 깨닫지 못했던 것뿐이야. 그는 날마다 자신을 둘러싼 벽의 두꺼움과 차가움을 절망적인 눈으로 바라보았다. 만약 그녀가 결혼하지 않겠다고 하면 난 이대로 죽어버릴지도 모른다.

그는 그녀를 만나 그런 자신의 심정을 솔직하게 고백했다. 이제까지 자신이 살아온 인생이 얼마나 고독했고, 얼마나 많은 것을 잃으며 살아왔는지를. 그리고 그녀가 그 사실을 자기에게 깨닫게 해주었다는 사실을.

그녀는 머리가 좋은 사람이었다. 그녀는 토니 다키타니라는 인간을 좋아하게 되었다. 처음부터 호감이 있었고, 만나면 만날수록 좋아졌다. 그것을 사랑이라고 해야 하는지 어떤지 그녀로서는 알 수 없었다. 하지만 그녀는 토니의 내면에 뭔가 굉장한 것이 있다고 느꼈다. 이 사람과 함께한다면 자신은 행복해질 수 있을 거라고 그녀는 생각했다. 그리고 두 사람은 결혼했다.

토니 다키타니의 인생에서 고독의 시기는 막을 내렸다. 아침에 눈을 뜨면 그는 맨 먼저 그녀의 모습을 찾았다. 곁에서 잠들어 있는 그녀의 모습을 보고 나서야 비로소 안도했다. 그녀가 보이지 않을 때는 불안해져서 온 집 안 곳곳을 찾아다녔다. 외롭지 않다는 것은 그에게 있어 조금은 이상한 상황이었다. 고독하지 않게 됨으로써 다시 또 고독해지면 어쩌나 하는 공포를 마음속에서 떨칠 수 없었기 때문이다. 이따금 그런 생각이 들 때면, 그는 식은땀이 날 정도로 무서워졌다. 그런 공포심은 결혼 후 석 달쯤 계속됐다. 하지만 새로운 생활에 익숙해짐에 따라, 그리고 그녀가 갑자기 곁에서 사라져버릴 가능성이 적어짐에 따라, 그런 공포심은 점점 엷어져갔다. 그제야 그는 겨우 마음의 안정을 얻고, 평온한 행복감에 빠져들 수 있었다.

두 사람은 다키타니 쇼자부로의 연주를 한번 들으러 갔다. 시아버지가 어떤 음악을 연주하는지 그녀가 알고 싶어했기 때문이었다. 우리가 연주를 들으러 가면 당신 아버지께서 불편해하실까요, 하고 그녀는 물었다. 별로 신경 쓰지 않을 거야, 하고 그는 대답했다. 그래서 두 사람은 다키타니 쇼자부로가 연주하고 있는 긴자의 클럽으로 갔다. 어렸을 때 말고는 토니 다키타니가 아버지의 연주를 들으러 간 건 그것이 처음이었다. 다키타니 쇼자부로는 예전과 조금도 다름없는 종류의 음악을 연주하고 있었다. 그가 어릴 적부터 레코드를 통해 늘 들었던 곡들뿐이었다. 아버지의 연주는 아주 매끄럽고 품위 있고 감미로웠다. 그것은 예술은 아니었다. 하지만 그것은 일류 프로의 손으로 교묘하게 변주되어 청중을 흐뭇하게 하는 음악이었다. 토니 다키타니는 다른 때와는 달리 거듭 여러 잔의 술을 마시며 그 음악에 귀를 기울였다.

그런데 연주를 듣고 있는 중에 마치 가느다란 파이프에 조용하게, 그러나 가득히 먼지가 쌓여가는 것처럼 그 음악 속의 무언가가 그의 숨을 답답하게 하고, 기분 나쁘게 했다. 그 음악은 토니 다키타니가 기억하고 있는 아버지의 예전 음악과는 약간 다르게 느껴졌다. 물론 기억 속의 음악은 아주 옛날에 들었던 것이고, 어릴 적의 귀로 들었던 것과 차이도 있을 것이다. 하지만 그에게는 그 차이가 중요한 것처럼 느껴졌다. 그것은 아주 사소한 차이인지도 모른다. 그렇지만 그건 매우 중요한 일이다. 그는 무대 위로 올라가 아버지의 팔을 잡고, 도대체 뭐가 달라진 거예요, 아버지, 하고 물어보고 싶었다. 하지만 물론 그런 일은 하지 않았다. 그는 묵묵히 물에 탄 위스키를 마시면서, 아버지의 연주를 끝까지 들었다. 그러고는 공연이 다 끝난 뒤 아내와 함께 집으로 돌아왔다.

두 사람의 결혼 생활에 그늘을 드리울 만한 것은 아무것도 없었다. 그가 하는 일은 변함없이 순조로웠고, 둘 사이에는 싸움 한 번 없었다. 언제나 함께 산책을 하거나, 영화를 보러 가기도 하고, 여행을 떠나기도 했다. 그녀는 또래에 비해 능숙한 주부였으며, 무슨 일을 하든 절도를 지킬 줄 알았다. 집안일을 척척 잘 해내고, 남편에게는 쓸데없는 걱정을 끼치지 않았다. 하지만 딱 하나 토니 다키타니의 심기를 불편하게 하는 일이 있었다. 그것은 아내가 너무도 많은 옷을 사는 일이었다. 눈에 드는 옷을 보면 그녀는 '완전히'라고 해도 좋을 만큼 자제심을 잃고 마는 것이었다. 순식간에 얼굴 표정이 변하고, 목소리까지 변했다. 처음에는 갑자기 몸에 이상이라도 생긴 건 아닌가 하고 생각했을 정도였다. 결혼 전부터 그런 경향이 눈에 띄긴 했지만, 특히 그 정도가 심해진 건 유럽으로 신혼여행을 갔을 때부터였다. 그녀는 그 여행 중 아무튼 질려버릴 만큼의 옷을 마구 사들였다. 밀라노와 파리에서는 아침부터 밤까지 홀린 듯이 부티크를 돌아다녔다. 두 사람은 관광도 하지 않았다. 두오모 성당에도, 루브르에도 가지 않았다. 그가 신혼여행에서 기억하는 거라곤 부티크 순례뿐이었다. 발렌티노, 미소니, 입생로랑, 지방시, 페라가모, 아르마니, 세루티, 지안프랑코 페레…… 그녀는 매혹당한 듯한 눈빛으로 닥치는 대로 마구 옷을 사들였고, 그는 그런 그녀의 뒤를 쫓아다니며 옷값을 치르기에 바빴다. 신용카드의 글자가 닳아 없어지는 건 아닐까 하고 걱정이 될 정도로 카드를 긁어댔다.

일본에 돌아와서도 옷에 대한 집착은 사그라지지 않았다. 다음 날도, 그다음 날도 계속해서 옷을 샀다. 옷은 급속도로 늘어갔다. 큰 옷장을 몇 개나 주문해야만 했다. 구두를 수납하기 위해 신발장도 특별히 만들었다. 나중에는 그거로도 모자라 아예 방 하나를 드레스룸으로 개조했다. 큰 집이었고, 방은 어차피 남아돌았다. 돈에 구애받는 것도 아니었다. 게

 토니 다키타니

다가 아내는 옷을 맵시 있게 입었다. 새 옷만 있으면 그녀는 행복한 것 같았다. 그러니까 불평은 하지 않는 게 좋겠다고 생각했다. 뭐 어차피 괜찮아, 이 세상에 완벽한 사람이란 없으니까.

하지만 아내 옷이 방 하나를 가득 채우는 것으로도 끝나지 않을 정도로 계속 불어나게 되자, 역시나 불안을 느끼기 시작했다. 한번은 아내가 없는 틈을 타서 옷의 수를 세어보았다. 그의 계산에 따르면 매일 두 번씩 옷을 갈아입는다 쳐도 그 옷을 전부 입어보려면 족히 이 년 가까이나 걸린다는 계산이 나왔다. 이건 아무래도 너무 많다. 이쯤에서 브레이크를 걸지 않으면 안 되었다.

어느 날 저녁식사를 마친 후, 그는 큰맘 먹고 말을 꺼냈다. 옷 사는 걸 좀 삼가는 게 어떨까, 하고. 나는 꼭 돈 때문에 그러는 게 아냐. 필요한 걸 사는 거야 전혀 상관없고, 당신이 예뻐진다면야 나도 좋지. 하지만 이렇게 산더미처럼 많은 비싼 옷들이 과연 필요한 걸까.

아내는 고개를 숙이고 잠시 생각했다. 그러고는 이렇게 말했다. 당신 말이 맞아요, 이렇게 많은 옷은 필요 없다고 저도 생각해요. 그건 저도 잘 알고 있어요. 그런데 알면서도 어쩔 수가 없는걸요. 눈앞에 예쁜 옷이 있으면 난 그걸 사지 않고는 견딜 수가 없어요. 필요하건 필요하지 않건, 많건 적건, 그런 건 문제가 안 돼요. 그저 어쩔 수가 없어요. 옷 사는 걸 멈출 수가 없는 거예요. 꼭 뭔가에 중독된 것처럼요.

하지만 어떻게든 그런 중독 상태에서 탈출해보겠다고 그녀는 약속했다. 이대로 가면 집 안이 금방 옷으로 가득 차버릴 테니까. 일주일쯤 그녀는 새 옷을 보지 않으려는 듯 집 안에만 틀어박혀 있었다. 하지만 그렇게 집 안에 처박혀 있으니까 어쩐지 자신이 텅 비어버린 듯한 느낌이 들었다. 그녀는 공기가 희박한 행성 위를 걷고 있는 것 같았다. 매일같이 옷으로 가득 차 있는 드레스룸에 들어가 자기 옷을 하나하나 손에 들어보고 바라보며 지냈다. 옷감을 쓰다듬고, 냄새를 맡고, 몸에 걸친 채 거울 앞에 서보았다. 아무리 보고 있어도 싫증 나지 않았다. 그리고 보면 볼수록 새 옷이 갖고 싶어졌다. 갖고 싶다고 생각하면 더욱 참을 수가 없었다.

그저, 그저 단순히 참을 수가 없었다.

하지만 그녀는 남편을 깊이 사랑하며 존경하고 있었다. 남

　　　　　　　토니 다키타니

편이 한 말은 확실히 옳다고 생각했다. 이렇게 많은 옷은 필요가 없다. 몸은 하나밖에 없는 것이다. 그녀는 자주 가는 부티크에 전화를 걸어, 열흘 전에 사서 아직 입지 않은 코트와 원피스를 반품할 수 없을까 하고 점장에게 물어보았다. 좋습니다, 가져오시면 환불해드리겠습니다, 하고 점장은 말했다. 그녀는 최상급의 단골손님이었기 때문에 그 정도 편의는 봐줄 수 있었던 것이다. 그녀는 그 코트와 원피스를 차에 싣고 아오야마까지 갔다. 그리고 부티크에 그것을 되돌려주고, 신용카드 결제를 취소했다. 그녀는 고맙다고 인사하고 부티크를 나와선, 가능한 한 주위를 보지 않도록 서둘러 차를 몰아 246번 도로를 타고 곧장 집으로 향했다. 옷을 돌려주고 나자 그녀는 약간이나마 몸이 가뿐해진 것처럼 느껴졌다. 그래, 그건 필요 없는 거였어, 하고 그녀는 자신을 향해 다짐했다. 난 죽을 때까지 입어도 남아돌 만큼의 코트와 원피스를 가지고 있는데 뭐, 하고. 하지만 교차로에서 다음 신호를 기다리는 동안, 그녀는 계속 그 반품한 코트와 원피스 생각에 빠져 있었다. 그 옷들이 어떤 색깔이었고 어떤 모양이었는지, 어떤 감촉이었는지 그녀는 세세한 부분까지 선명하게 떠올릴 수 있었다. 이마에 땀이 맺히는 걸 느낄 수 있었다. 핸들 위에 양 팔꿈치를 붙인 채 크게 숨을 들이마셨다. 그리고 눈을 감았다. 다시 눈을 떴을 때, 신호가 녹색으로 바뀌는 것이 보였다. 그녀는 튕기듯이 힘껏 액셀을 밟았다.

그때, 황색 신호에서 무리하게 교차로를 뚫고 달려가려던 대형 트럭이 그녀가 운전하는 파란색 르노 5 자동차 바로 옆에서 전속력으로 돌진해왔다. 그녀는 뭔가를 느낄 틈조차 없었다.

토니 다키타니에게 남겨진 것은 방 하나 가득한 7사이즈의 산더미 같은 옷들뿐이었다. 구두만 해도 이백 켤레 가까이 되었다. 그것들을 도대체 어떻게 해야 좋을지 엄두도 나지 않았다. 아내가 몸에 둘렀던 옷들을 언제까지고 안고 있고 싶지 않았기 때문에 장신구 종류는 업자를 통해 부르는 값을 받고 가져가게 했다. 스타킹이며 속옷 등은 한데 모아 정원의 소각로에서 태웠다. 옷과 구두는 너무 많았기 때문에 그대로 두었다. 아내의 장례식이 끝난 후, 그는 그 드레스룸에 혼자 틀어박혀 빼곡히 걸려 있는 옷들을 아침부터 밤까지 하

                                                  토니 다키타니

염없이 바라보고 있었다.

　장례식이 끝난 지 열흘이 지났을 때, 토니 다키타니는 신문에 집안일을 도와줄 여성을 구하는 광고를 냈다. 옷 사이즈 7, 신장 161센티미터 전후, 신발 사이즈 22인 여성 구함. 급료 높음. 그가 제시한 급여는 가히 파격적이라고 해도 좋을 정도여서, 열세 명이나 되는 여성들이 미나미 아오야마에 있는 그의 작업실 겸 사무실에 면접을 보러 몰려들었다. 그 중 다섯 명 정도는 옷과 구두 사이즈를 허위로 제시해서 실격을 당했다. 남은 여덟 명 중에서, 그는 아내의 체형에 가장 가까운 여성을 골랐다. 이렇다 할 만한 특징이 없는 얼굴을 한 이십 대 중반의 여자였다. 그녀는 별 장식 없는 흰 블라우스에 파란색 타이트스커트를 입고 있었다. 옷도 구두도 깨끗하긴 했지만, 잘 보면 약간 낡은 것들이었다.

　토니 다키타니는 그 여자에게 말했다. 일 자체는 아무것도 어려운 것은 없다. 매일 오전 아홉 시에서 오후 다섯 시까지 사무실에 나와서 전화 응대를 하고, 나를 대신해 거래처에 원고를 가져다주거나 자료를 받아오거나 복사해주는 것뿐이다. 다만 딱 한 가지 조건이 있다. 실은 아내가 죽은 지 얼마 안 됐기 때문에 아직 아내의 옷이 집에 많이 남아 있다. 그 대부분은 새것이거나 거의 새것이나 다름없는 것들뿐이다. 당신이 여기에서 일하는 동안 그 옷들을 제복 대신 입어주었으면 한다. 그래서 옷이나 신발 사이즈, 신장 등을 채용 조건으로 내건 것이다. 아마 이상한 이야기로 들릴 거라 생각한다. 분명 무슨 꿍꿍이가 있을 거라고 생각하고 있겠지. 그건 나도 잘 알고 있다. 하지만 다른 뜻은 전혀 없다. 단지 아내가 세상을 떠나고 없다는 사실에 익숙해지는 데 시간이 걸릴 뿐이다. 말하자면 나는 주변 공기의 압력 같은 것을 조금씩 조정해나가지 않으면 안 되는 것이다. 그런 시기가 내겐 필요하다. 그동안 당신이 내 아내의 옷을 입고, 내 곁에 있어주기를 바란다. 그렇게 하면 나도 아내가 죽고 없어졌다는 걸 실감할 수 있을 테니까.

여자는 입술을 깨물면서 그 기묘한 조건에 대해 재빨리 머리를 굴렸다. 그건 분명 이상한 이야기였다. 솔직히 말해 그녀는 토니 다키타니가 하는 이야기의 본뜻을 잘 납득할 수 없었다. 부인이 최근에 죽었다는 건 알겠다. 그녀가 많은 옷을 남겨두고 갔다는 것도 알겠다. 하지만 왜 자신이 그 앞에서 그녀가 남긴 옷을 입고 일을 해야만 하는 건지는 도무지 이해할 수 없었다. 여느 때 같았으면 무슨 속셈이 있을 거라고 생각했을 것이다. 그렇지만 이분은 그렇게 나쁜 사람은 아닌 것 같다, 하고 그녀는 생각했다. 그건 상대방의 말투를 들어보면 알 수 있다. 부인을 잃은 충격으로 어딘가 좀 이상해졌는지는 모르지만, 그 일로 다른 사람에게 해를 입힐 것 같은 타입으로는 보이지 않는다. 게다가 뭐라고 해도 그녀는 당장 일자리를 얻어야 했다. 요 몇 달 동안 그녀는 줄곧 일자리를 찾고 있었던 것이다. 다음 달부터는 실업급여도 끊긴다. 그렇게 되면 아파트의 임대료를 내는 것도 힘들어질 것이다. 이처럼 많은 급료를 주는 직장은 아마도 두 번 다시 찾기 힘들 것이다.

알겠습니다, 하고 그녀는 말했다. 자세한 사정까지는 알 수 없지만, 말씀하신 대로 할 수 있을 겁니다. 하지만 그 전에 일단 그 옷들을 보여주실 수 있을까요. 정말 옷이 맞는지 어떤지 입어보는 게 좋을 것 같은데요. 물론, 하고 토니 다키타니는 말했다. 그리고 여자를 자신의 집으로 데리고 가서, 한 방 가득히 있는 옷들을 보여주었다. 그녀는 지금까지 백

화점을 빼고는 그렇게 많은 옷이 한 장소에 모여 있는 걸 본 적이 없었다. 그리고 그 옷들은 언뜻 보기에도 모두 값비싼 고급 옷들뿐이었다. 패션 취향도 나무랄 데 없었다. 그것은 너무나도 눈부신 광경이었다. 그녀는 제대로 숨을 쉴 수도 없었다. 까닭 없이 가슴이 두근거렸다. 그녀는 왠지 모르게 성적인 흥분과도 비슷한 설렘이 느껴졌다.

토니 다키타니는 옷이 맞는지 입어보라고 말하며, 그녀를 방에 혼자 두고 나갔다. 여자는 정신을 가다듬고 가까이 있는 옷을 몇 벌인가 입어보았다. 구두도 신어보았다. 옷도 구두도 마치 그녀를 위해 만들어진 것처럼 아주 잘 맞았다. 그녀는 그 옷들을 하나하나 손에 들고 바라보았다. 손끝으로 더듬어보고 냄새를 맡아보았다. 몇백 벌이나 되는 아름다운 옷들이 그곳에 즐비하게 진열되어 있었다. 이윽고 그녀의 눈에 눈물이 맺혀왔다. 울지 않을 수 없었다. 눈물은 하염없이 볼을 타고 흘러내렸다. 그녀는 눈물을 그칠 수가 없었다. 그녀는 죽은 여자가 남긴 옷을 몸에 걸친 채 소리 없이 꼼짝 않고 흐느껴 울었다. 얼마 후 토니 다키타니가 들어와서 왜 울고 있는지 그녀에게 물었다. 모르겠어요, 하고 그녀는 고개를 저으며 대답했다. 지금까지 이렇게 예쁜 옷이 많이 있는 걸 본 적이 없어요. 그래서 아마 조금 혼란스러웠나 봐요. 미안합니다, 하고 그녀는 말했다. 그리고 손수건으로 눈물을 훔쳤다.

괜찮다면 내일부터 출근해주었으면 하는데, 하고 토니 다키타니는 사무적인 어조로 말했다. 일단 일주일분의 옷과 신발을 골라가도록 하세요.

여자는 시간을 들여 신중하게 육 일치 옷을 골랐다. 그리고 그 옷에 어울리는 신발도 골랐다. 그러고는 옷과 구두를 옷가방에 넣었다. 토니는 추우면 안 되니까 코트도 챙겨가라고 말했다. 그녀는 따뜻해 보이는 회색 캐시미어 코트를 골랐다. 코트는 깃털처럼 가벼웠다. 그렇게 가벼운 코트를 만져본 건 태어나서 처음이었다.

여자가 돌아간 뒤, 토니 다키타니는 드레스룸에 들어가 문을 닫고 아내가 남기고 간 옷들을 한동안 멍하니 바라보았다. 어째서 그 여자가 이 옷들을 보고 울었던 걸까, 그로서는 잘 이해할 수 없었다. 그 옷들은 그에게 아내가 남기고 간 그림자처럼 보였다. 7사이즈의 아내 그림자들이 켜켜이 몇 줄로 열을 지어 옷걸이에 매달려 있었다. 그것은 인간이란 존재가 내포하고 있는 무한한(적어도 이론적으로는 무한한) 가능성의 샘플들을 몇 개 모아 매달아놓은 것처럼 보였다.

그 그림자들은, 예전에는 아내의 몸에 찰싹 붙어서 그녀의 따뜻한 숨결을 받으며 아내와 함께 움직이던 그림자들이었다. 그러나 지금 그의 눈앞에 있는 것은 생명의 뿌리를 상실한 채 시시각각으로 말라비틀어져가는, 볼품없는 그림자 더미에 지나지 않았다. 그것은 아무런 의미도 갖지 못한, 그저 낡고 바랜 옷일 뿐이었다. 그것들을 보고 있는 동안에 그는 점점 가슴이 답답해져왔다. 갖가지 색깔들이 마치 꽃가루처럼 허공을 떠돌며 그의 눈과 귀, 그리고 콧속으로 날아들어왔다. 탐욕스러운 프릴 장식이며 단추, 어깨 장식, 장식용 주머니, 레이스, 벨트가 방 안의 공기를 기묘하게 희박한 것으로 만들고 있었다. 넉넉하게 쳐놓은 방충제 냄새가 무수히 많은 작은 날벌레처럼 소리 없는 소리를 내고 있었다. 그는 문득 자신이 이 옷들을 증오하고 있다는 걸 깨달았다. 그는 벽에 기대어 팔짱을 긴 채 눈을 감았다. 고독이 미적지근한 어둠의 진액처럼 다시 그를 흠뻑 적시고 있었다. 이미 모두

     토니 다키타니

끝난 일이다, 하고 그는 생각했다. 이제 와서 무슨 짓을 한다 해도 모든 것은 완전히 끝나버린 것이다.

그는 여자의 집에 전화를 걸어, 이번 일에 대한 이야기는 잊어달라고 했다. 미안하지만 더 이상 할 일이 없어졌다고 말했다. 대체 왜 그러시는 거죠? 하고 그녀는 깜짝 놀라며 물었다. 미안하지만 갑작스레 사정이 달라졌다고 그는 말했다. 당신이 가지고 간 신발과 옷들은 모두 당신에게 주겠소. 옷가방도 가지시오. 그리고 이번 일은 잊어주었으면 좋겠소. 이 얘기는 누구에게도 하지 말고 말이오, 하고 토니 다키타니는 말했다. 여자는 뭐가 뭔지 알 수 없었지만, 이야기를 하는 동안 더 이상 입씨름하는 것도 귀찮아졌다. 알겠습니다, 하고 그녀는 전화를 끊었다.

그 후 한동안 그녀는 토니 다키타니에 대해서 울화가 치밀었다. 하지만 시간이 흐르고 나자 차라리 이렇게 된 것이 잘된 게 아닌가 하는 느낌이 들었다. 애초부터 어쩐지 부자연스런 이야기였던 것이다. 일자리가 없어진 게 안타깝기는 하지만, 뭐 어떻게든 되겠지.

그녀는 토니 다키타니의 집에서 가져온 몇 벌의 옷들을 한 벌 한 벌 곱게 펼쳐 옷장에 걸고, 구두는 신발장에 넣었다. 그 새것들에 비하면 원래부터 거기에 있던 자신의 옷이며 신발들은 어처구니없을 만큼 초라해 보였다. 그것은 전혀 다른 차원의 소재로 만들어진 새로운 종류의 물질인 것처럼 그녀에게 느껴졌다. 그녀는 면접 때 입고 갔던 자기 옷을 벗어서 옷걸이에 걸어놓고, 청바지와 티셔츠로 갈아입고는 냉장고에서 캔 맥주를 꺼내 마룻바닥에 앉아 마셨다. 그리고 그녀는 토니 다키타니의 집 드레스룸에 있던 그 산더미 같은 옷을 떠올리고는 한숨을 쉬었다. 어쩌면 그렇게 아름다운 옷이 많을까, 하고 그녀는 생각했다. 어휴, 그 드레스룸은 내가 살고 있는 이 아파트보다도 더 넓었어. 그 많은 옷을 사 모으느라 틀림없이 엄청난 돈과 시간이 들었을 거야. 하지만 그 사람은 이미 죽고 만 것이다. 한 방 가득 찰 정도로 7사이즈짜리 옷을 남겨두고 말이야. 그렇게 멋진 옷을 잔뜩 남겨놓고 죽어버린다면 어떤 기분이 들까, 하고 그녀는 생각했다.

그녀가 가난하다는 것을 잘 알고 있는 친구들은 그녀가 만날 때마다 다른 새 옷을 입고 나오는 걸 보고 무척 놀랐다. 어느 옷 할 것 없이 모두 세련되고 값비싼 브랜드의 옷이었

토니 다키타니

기 때문이다. 그런 옷들을 대체 어디서 어떻게 손에 넣은 거야, 하고 친구들은 모두 물었다. 말할 수 없어, 그 사람하고 약속했거든. 그녀는 이렇게 대답하면서 고개를 저었다. 그리고 얘기해봤자 어차피 너희는 믿지 못할걸, 하고 그녀는 말했다.

토니 다키타니는 마침내 중고 의류 판매업자를 불러, 아내가 남기고 간 옷들을 전부 넘겨주었다. 제대로 값은 받지 못했다. 하지만 그건 아무래도 상관없었다. 그는 거저라도 좋으니 한 벌도 남김없이 모두 가져가주길 바랐던 것이다. 앞으로 두 번 다시 자신의 눈에 띄지 않을 아주 먼 장소로.

그는 텅 비어버린 아내의 드레스룸을 오랫동안 그 상태로 방치해두었다.

이따금 그는 그 방에 들어가, 무엇을 하는 것도 아니고 그저 멍하니 있곤 했다. 한 시간이고 두 시간이고 방바닥에 주저앉아 물끄러미 벽을 바라보고 있었다. 거기에는 죽은 사람의 그림자의, 그 그림자가 있었다. 하지만 달이 가고 해가 지나감에 따라 그는 차츰 예전에 그곳에 있던 것들을 떠올릴 수 없게 되어갔다. 그 색깔이나 냄새 같은 기억도 어느새 사라져버리고 말았다. 그리고 이제 예전에 품었던 그 선명한 감정조차도 기억의 영역 밖으로 뒷걸음치듯이 사라졌다. 기억은 바람에 흔들리는 안개처럼 서서히 그 모습을 바꾸어가며, 모습이 바뀔 때마다 조금씩 희미해져갔다. 그것은 그림자의 그림자의, 또 그 그림자의 그림자가 되었다. 그리고 손에 만져지듯 느껴지는 것이라곤 예전에 존재했던 것이 뒤에 남기고 간 상실감뿐이었다. 때로는 아내의 얼굴조차 잘 기억이 나지 않을 때가 있었다. 그러나 그는 때때로 그 방 안에서 아내가 남기고 간 옷을 보며 눈물을 흘리던 낯선 여자를 떠올렸다. 그 여자의 특징 없는 얼굴이나 낡은 에나멜 구두를 떠올렸다. 그리고 그녀의 조용한 흐느낌이 기억 속에서 되살아났다. 그런 것들을 떠올리고 싶진 않았다. 하지만 자신도 모르는 사이에 그 낯선 여자의 모습이 자꾸만 되살아났다. 모든 일을 모조리 잊어버린 다음에도, 이상하게 이름조차 기억하지 못하는 그 여자의 일만은 잊어버릴 수가 없었다.

아내가 죽은 지 이 년 만에 다키타니 쇼자부로가 간암으로 죽었다. 암 환자치고는 고통도 적었고, 입원하고 있던 기간도 짧았다. 거의 자는 듯이 죽었다. 그런 의미에서도 그는 마지막까지 타고난 행운아였다. 약간의 현금과 증권을 제외하면, 다키타니 쇼자부로는 재산이라고 할 만한 것은 남기지 않았다. 남겨놓고 떠난 것은 유품인 악기와, 오래된 재즈 레코드의 방대한 컬렉션 정도였다. 토니 다키타니는 그 레코드 더미를 택배용 골판지 상자에 넣은 채로 텅 빈 드레스룸에 쌓아두었다. 레코드에서 곰팡이 냄새가 났기 때문에 공기를 갈아넣기 위해 정기적으로 창문을 열어두지 않으면 안 되었다. 그러나 그때 말고는 그가 그 방에 발을 들여놓는 일은 거의 없었다.

그렇게 일 년이 지났다. 하지만 그 산더미 같은 레코드를 집 안에 끌어안고 있는 것이 그에게는 점점 짐스럽게 느껴졌다. 그곳에 있는 것에 대한 생각만으로도 때로는 숨이 찰 지경이었다. 한밤중에 눈을 뜨고 나서 좀처럼 다시 잠들지 못할 때도 있었다. 기억은 선명하지 않았다. 하지만 그 기억은 거기에, 꼭 걸맞은 무게를 지닌 채로 확실하게 존재하고 있었다.

그는 중고 레코드 판매업자를 불러 얼마를 내고 사갈 수
있겠느냐고 물었다. 이미 예전에 절판된 귀중한 레코드들이
많았기 때문에 꽤 높은 가격이 매겨졌다. 소형 자동차를 살
수 있을 정도의 금액이었지만, 그것 역시 그에게는 아무래도
상관없는 일이었다.

레코드 더미를 완전히 정리해버리고 나자, 토니 다키타니
는 이번에야말로 진짜 외톨이가 되었다.

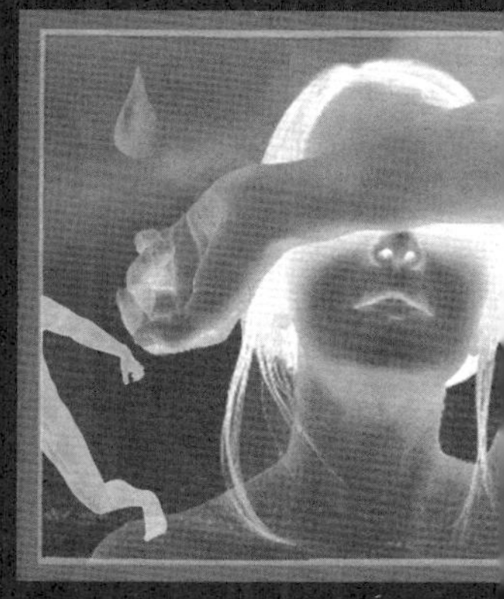

일곱 번째 남자

"그 파도가 나를 집어삼키려고 한 것은 내가 열 살 적의 구월 어느 오후의 일이었습니다" 하고 일곱 번째 남자는 조용한 어조로 말을 꺼냈다.

그는 그날 밤 이야기를 들려주게 되어 있는 마지막 사람이었다. 시곗바늘은 벌써 밤 열 시를 지나고 있었다. 방 안에 둥그렇게 모여 앉은 사람들은 서쪽을 향해 부는 바람 소리를 창밖의 깊은 어둠 속에서 들을 수 있었다. 바람은 뜰에 선 나무들의 잎을 흔들어 유리창을 달그락달그락 떨게 하더니, 작은 호루라기를 부는 듯한 날카롭고 높은 소리를 내며 어디론가 빠져나갔다.

"그건 특수한 종류의, 예전에는 한 번도 본 적 없는 거대한 파도였습니다" 하고 남자는 말을 계속했다.

"그 파도는 간발의 차이로 나를 집어삼키지는 못했습니다. 그 대신 파도는 내게서 가장 소중한 것을 집어삼킨 채 다른 세계로 앗아가버렸습니다. 내가 그것을 되찾고 회복하기까지는 아주 오랜 세월이 걸렸습니다. 다시 돌이킬 수 없는 길고 귀중한 세월이었습니다."

일곱 번째 남자는 오십 대 중반으로 보였다. 야윈 남자였다. 키가 크고 턱수염을 길렀으며, 오른쪽 눈 옆에 마치 날카로운 칼에 찔린 듯한 작지만 깊은 흉터가 있었다. 머리칼은 짧고, 여기저기 빳빳해 보이는 흰머리가 드문드문 나 있었다. 남자의 얼굴에는 뭔가 쉽게 말을 꺼내기 어려울 때 곧잘 사람들이 짓는 표정이 어려 있었는데, 그것은 마치 오래전부터 계속 그래왔던 것처럼 그의 얼굴에 잘 녹아 있었다. 그는 회색 트위드 웃옷 아래 꾸밈없는 소박한 모양의 파란색 셔츠를 받쳐입고 있었다. 남자는 이따금 셔츠 깃에 손을 댔다. 그의 이름을 아는 사람은 아무도 없었다. 무슨 일을 하는 사람인지도 몰랐다.

그러고 나서 일곱 번째 남자는 작게 헛기침을 했다. 그리고 잠깐의 침묵 속에서 자신의 말을 가라앉혔다. 사람들은 남자의 이야기가 이어지기를 기다렸다.

"내 경우, 그것은 파도였습니다. 여러분의 경우는 그것이 무엇일지 나로서는 알 수 없습니다. 다만 내 경우는 그것이 우연히 파도였던 것입니다. 그것은 아무런 조짐도 없이, 어느 날 느닷없이 내 앞에 산더미 같은 파도로 그 치명적인 모습을 드러냈습니다.

나는 S현의 바닷가 마을에서 자라났습니다. 작은 마을이어서 아마 이 자리에서 이름을 말씀드려도 여러분에겐 생소하게 들리실 것으로 생각합니다. 아버지가 그 마을에서 병원을 개업하고 계셨기 때문에 나는 별 부족함 없이 어린 시절을 보내고 있었습니다. 내게는 철들 무렵부터 친하게 지내던 친구가 한 명 있었습니다. 이름은 K라고 해두겠습니다. 그는 우리 집 바로 근처에 살고 있었고, 나보다 한 학년 아래였습니다. 우리는 학교에 갈 때도 같이 가고, 학교에서 돌아와서도 항상 같이 놀았습니다. 마치 형제라고 해도 좋은 그런 사이였지요. 오랫동안 사귀면서도 싸움 한번 하지 않았습니다. 제게는 친형이 한 명 있었지만, 여섯 살이나 터울이 지는 바람에 좀처럼 마음이 통하지 않았고, 또 솔직히 말해 인간적으로도 성격이 잘 맞지 않았습니다. 그래서 나는 친형보다 그 친구에게 따뜻한 형제의 정 같은 것을 느끼게 되었

167

습니다.

K는 몸이 마르고 피부도 하얘서 마치 여자처럼 얼굴이 예쁘장하게 생긴 아이였습니다. 그러나 언어장애가 있어서 말을 잘하지 못했습니다. 모르는 사람이 보면, 지능에 장애가 있는 것처럼 보였을지도 모르겠습니다. 또 몸도 약해서, 학교에서나 집에 돌아와 함께 놀 때는 내가 보호자처럼 그를 보살폈습니다. 나는 비교적 몸집도 크고 운동도 잘해서, 다들 한 수 위로 보았기 때문입니다. 내가 그렇게 K와 함께 있는 걸 좋아한 것은 무엇보다 그가 부드럽고 고운 마음씨를 갖고 있었기 때문이었습니다. 결코 지능에 결함이 있던 것은 아니지만, 언어장애 때문에 학교 성적은 별로 좋지 않았고, 수업을 따라가는 게 고작이었습니다. 그런데 그림에는 엄청 놀라운 재주가 있어 연필과 물감만 있으면 선생님들도 혀를 내두를 만큼 뛰어난, 생명력이 넘치는 그림을 그렸습니다. 콩쿠르에서도 몇 번이나 입상을 했고 표창을 받기도 했습니다. 그대로 성장했다면, 아마도 훌륭한 화가가 되어 이름을 떨치지 않았을까 하고 생각됩니다. 그가 즐겨 그린 것은 풍경화였는데, 가까운 바닷가에 가서 종일토록 지치지도 않고

바다 풍경을 그렸습니다. 나는 곧잘 그의 옆에 앉아서, 붓을 움직이는 그의 날렵하고 정확한 손놀림을 바라보곤 했습니다. 어떻게 하면 새하얀 공백 위에다 한순간에 저렇게 생생한 모양이나 색채를 탄생시킬 수 있을까, 하고 감탄스럽기도 하고 놀랍기도 했습니다. 그런 것이 순수한 재능이라고 하는 것이겠지요.

어느 해 구월의 일이었는데, 내가 살던 마을에 엄청난 태풍이 몰아닥쳤습니다. 라디오의 일기예보에 의하면, 십 년 만에 오는 최대의 태풍이라고 했습니다. 학교는 일찌감치 휴교했고, 마을의 가게들도 모두 단단히 셔터를 내리고 태풍에 대비했습니다. 아버지와 형은 망치와 못 상자를 들고 다니며, 아침부터 집 안 덧문에 못질을 하고 돌아다녔고, 어머니는 부엌에서 분주하게 주먹밥을 만들고 계셨습니다. 병이나 물통에 물을 담고, 어딘가로 피난할 때를 대비해서 우리는 각자 중요한 물건을 챙겨 배낭을 꾸렸습니다. 어른들에게는 해마다 닥쳐오는 태풍이 몹시 성가시고 위험한 것이었지만, 구체적인 현실에서 동떨어져 있는 우리 같은 아이들에게는 그저 대규모의 가슴 설레는 행사와도 같은 것에 불과

169

했습니다.

정오를 지난 무렵부터 하늘빛이 갑자기 변하기 시작했습니다. 거기에는 뭔지 모르게 비현실적인 색깔도 섞여 있는 듯했습니다. 바람이 으르렁거리는 소리를 내기 시작하고, 모래를 흩뿌리는 것처럼 투두둑투두둑 하는 기묘한 마른 소리를 내며 비가 세차게 집에 맹타를 가할 때까지 나는 툇마루에 나앉아 그런 하늘의 변화를 바라보고 있었습니다. 덧문을 닫아 캄캄해진 집 안에서 우리 가족은 한방에 모여 라디오 뉴스에 귀를 기울였습니다. 비는 그렇게 많이 오지 않았지만 강풍으로 인한 피해가 커서, 많은 집의 지붕이 날아가고 배가 몇 척이나 뒤집혔다는 소식이었습니다. 바람에 날려온 무거운 물건에 맞아 죽거나 중상을 입은 사람도 몇 사람인가 있다고 했습니다. 절대 집 밖으로 나가지 말라고 아나운서는 되풀이해서 주의를 주었습니다. 때때로 강풍이 몰아닥쳐 집이 마치 커다란 손아귀가 뒤흔드는 것처럼 삐걱거렸습니다. 뭔가 무거운 것이 날아와 덧문에 부딪혀 쿵 하는 굉음이 들리기도 했습니다. 아마도 다른 집 기왓장이 날아와 부딪힌 모양이라고 아버지는 말씀하셨습니다. 우리는 어머니가 만

드신 주먹밥과 달걀부침으로 점심을 때우고, 라디오 뉴스에 귀를 기울이며, 태풍이 우리가 있는 데를 벗어나 어딘가로 사라져가기를 꼼짝 않고 기다리고 있었습니다.

하지만 태풍은 쉽사리 지나가지 않았습니다. 뉴스에 따르면, S현의 동부에 상륙한 무렵부터 태풍은 급격하게 속도를 줄여, 지금은 사람이 뛰는 정도의 느린 속도로 북동쪽을 향해 이동하고 있다는 것이었습니다. 바람은 지칠 줄 모르고 흉포한 소리를 내며 지상의 모든 것을 땅끝까지 날려보내려 하고 있었습니다.

그렇게 바람이 몰아치기 시작한 지 아마도 한 시간쯤 지난 듯했습니다. 정신을 차려보니 주위가 쥐 죽은 듯 고요해져 있었습니다. 아무 소리도 들리지 않았어요. 그리고 어디에선지 새가 지저귀는 소리가 들려왔습니다. 아버지는 덧문의 일부를 살짝 열고, 그 틈새로 바깥 상황을 살폈습니다. 바람도 멈추고 비도 개어 있었습니다. 하늘에는 두꺼운 잿빛 구름이 천천히 상공을 흘러가고 있었습니다. 흩어진 구름 사이사이에 파란 하늘이 모습을 드러내기 시작했습니다. 정원의 나무들은 비에 흠뻑 젖어 가지 끝으로 물방울을 떨어뜨리고 있었

   일곱 번째 남자

습니다.

'우리는 지금 태풍의 눈 안에 있는 거야' 하고 아버지는 내게 알려주셨습니다. '잠깐 동안은, 아마 십오 분이나 이십 분 정도는 잠깐 쉬어가는 것처럼 이 고요함이 계속될 거야. 그런 다음엔 조금 전과 같은 폭풍우가 다시 몰아닥칠 거란다.'

밖에 나가봐도 좋은지 나는 아버지에게 여쭤봤습니다. 멀리 가지만 않는다면 산책 정도는 갔다 와도 괜찮다, 하고 아버지는 말씀하셨습니다.

'그렇지만 바람이 조금이라도 불기 시작하면 얼른 들어와야 한다.' 나는 밖으로 나가 주위를 둘러보았습니다. 바로 몇 분 전까지 폭풍우가 몰아닥친 곳이라고는 도저히 믿기지 않았습니다. 나는 하늘을 올려다보았습니다. 하늘에 거대한 태풍의 '눈'이 하나 뻥 뚫린 채 우리를 차갑게 내려다보고 있을 것 같았습니다. 하지만 말할 것도 없이 그런 눈은 있을 리가 없었습니다. 우리는 기압의 소용돌이가 자아내는 일시적인 정적 속에 있는 것뿐이었습니다.

어른들이 집 안팎에 피해가 없는지 살피기 위해 주위를 둘러보는 동안, 나는 혼자서 바닷가 쪽으로 걸어가보았습니다. 여러 집의 정원수에서 부러져나온 듯한 나뭇가지가 바람에 날려 길가에 흩어져 있었습니다. 어른도 혼자 힘으로는 여간 해서 들어올리지 못할 것 같은 꽤 굵은 소나무 가지도 떨어 져 있었습니다. 산산조각 난 기와가 여기저기 어지럽게 널려 있기도 했습니다. 자동차 유리는 돌에 맞았는지 커다란 금이 가 있었습니다. 어딘가에서 날아온 개집도 길 위에 뒹굴고 있었습니다. 마치 하늘에서 거대한 손이 뻗어내려와서, 땅 위를 무참하게 쓸어버린 듯한 광경이었습니다. 길을 걷고 있는데, K가 나를 보고 밖으로 나왔습니다. K는 어딜 가는 거냐고 물었습니다. 내가 잠시 바다를 보러 간다고 대답하 자, K는 아무 말도 하지 않고 내 뒤를 따라왔습니다. K의 집 에는 작고 하얀 개가 있었는데, 그 개도 우리 뒤를 쫓아 따 라왔습니다. '조금이라도 바람이 불기 시작하면 바로 집으 로 돌아가야 해' 라고 내가 말하자, K는 말없이 고개를 끄덕 였습니다.

집에서 200미터 정도 떨어진 곳에 바다가 있습니다. 그 당 시에는 내 키만큼이나 높은 방파제가 가로놓여 있었는데, 그

일곱 번째 남자

계단을 올라 우리는 해안으로 나갔습니다. 우리는 매일같이 함께 이 바닷가에 놀러왔기 때문에 이 근방의 바다에 관한 건 속속들이 알고 있었습니다. 하지만 태풍의 눈 속에서는 모든 게 평소와는 다르게 보였습니다. 하늘 색깔, 바다 색깔, 파도 소리, 바닷물 냄새, 바다에 펼쳐진 풍경 등 그런 바다와 잇닿아 있는 모든 것이 평소와 달라져 있었습니다. 우리는 잠시 방파제 위에 앉아서 그런 풍경을 말없이 바라보고 있었습니다. 태풍이 절정에 다다랐다고 했는데, 파도는 무서울 정도로 잔잔했습니다. 파도가 밀려와 닿는 해안선도 평소보다 멀리 물러나 있었습니다. 우리의 눈앞에는 넓은 백사장만이 끝없이 펼쳐져 있었습니다. 썰물 때라고 해도 바닷물이 그렇게까지 멀리 밀려가지는 않습니다. 백사장은 가구를 모두 치워버린 커다란 빈방처럼 몹시 횅해 보였습니다. 해변에는 갖가지 표류물들이 파도를 타고 떠밀려와 띠처럼 한 줄로 널브러져 있었습니다.

　나는 방파제에서 내려가 주변을 살피면서 물 빠진 해변을 걸으며, 거기에 널려 있는 것들을 자세히 살펴보았습니다. 플라스틱 장난감이나 샌들, 가구의 일부로 보이는 나무 부스러기나 옷가지, 진기하게 생긴 병이나 외국어가 적힌 나무 상자, 그 밖에도 무엇인지 정체를 알아보기 어려운 것들이 가치 구멍가게 앞처럼 어지럽게 흩어져 있었습니다. 아마도 태풍으로 생긴 높은 파도가 그것들을 저 먼 곳으로부터 이곳까지 날라온 것이겠죠. 우리는 뭔가 진기한 것이 눈에 띄면, 그것을 손에 들고서 자세히 들여다보았습니다. K의 개도 꼬리를 치면서 우리 둘 곁으로 다가와서, 우리가 손에 든 것을 하나하나 킁킁거리며 냄새를 맡았습니다.

그곳에 머문 것은 기껏해야 오 분 정도였다고 생각됩니다.

그런데 문득 정신을 차려보니 파도가 우리가 있는 백사장 바로 코앞까지 다가와 있었습니다. 파도는 소리 없이, 아무런 기척도 없이, 그 매끄러운 혀끝을 우리의 바로 발밑으로 살그머니 뻗치고 있었습니다. 그렇게 눈 깜짝할 사이에 파도가 우리 바로 옆에까지 다가오다니, 나로서는 전혀 짐작도 할 수 없는 일이었습니다. 나는 바닷가에서 자라났기 때문에 어린 나이였지만 바다의 무서움을 잘 알고 있었습니다. 때에 따라 바다가 얼마나 예측할 수 없을 정도로 흉포해질 수 있는가를 말입니다. 그렇기에 우리는 미리 충분히 조심을 하면서 파도가 치는 곳에서 한참 떨어진, '여기쯤이라면 안전하다' 싶은 지점에 있었던 것입니다. 그런데 어느 사이엔가 파도는 내가 서 있는 곳에서 불과 10센티미터 정도 떨어진 곳까지 가까이 밀려왔다가는 소리도 없이 슬며시 밀려간 것입니다. 그리고 파도는 그것을 마지막으로 더 이상 밀려오지 않았습니다. 밀려왔던 파도는 결코 불온한 종류의 파도는 아니었습니다. 조용히 모래사장을 씻고 가는 온건한 파도였습니다. 하지만 거기에 감춰져 있는 뭔가 몹시 불길한 것이, 마치 뱀과 같은 파충류가 살갗에 닿는 것처럼 한순간 내 등골을 오싹하게 했습니다. 그것은 이유 없는 공포였습니다. 그러나 그건 진정한 공포였습니다. 나는 직감적으로 그 파도가 살아 있다는 걸 깨달았습니다. 틀림없습니다. 그 파도는 확실히 생명을 지니고 있었습니다. 파도는 그곳에 있는 내 모습을 명확하게 파악하고, 이제부터 나를 그 손바닥 안에 넣으려 하고 있는 것이었습니다. 꼭 거대한 육식동물이 나를 먹잇감으로 점찍고서, 그 날카로운 이빨로 나를 갈기갈기 찢어 먹는 꿈을 꾸며 초원의 어딘가에서 숨을 죽인 채 숨어 있는 것처럼 말입니다. 도망쳐야지, 하고 나는 생각했습니다.

나는 K에게 '그만 가자' 하고 소리쳤습니다. 그는 내가 있는 곳으로부터 10미터 정도 떨어진 장소에서 내게 등을 돌린 채 바닥에 웅크리고 앉아 뭔가를 보고 있었습니다. 꽤 큰 소리로 불렀다고 생각했는데도, K는 내 목소리를 듣지 못한 것 같았습니다. 어쩌면 자신이 발견한 것에 정신이 팔려 내 목소리가 귀에 들리지 않았는지도 모릅니다. K에게는 그런 면이 있었습니다. 뭔가에 몰두하면 주변의 일 같은 건 까맣게 잊어버리는 겁니다. 아니면 내 목소리가 생각만큼 크지 않았는지도 모르겠습니다. 그때 내 목소리가 나 자신의 것처럼 들리지 않았다는 걸 기억하고 있습니다. 누군가 다른 사람의 목소리처럼 들렸습니다.

그때 나는 으르렁거리는 맹수의 울부짖음 같은 소리를 들었습니다. 땅을 뒤흔들 것 같은 엄청난 소리였습니다. 아니, 그 소리가 나기 전에 다른 소리가 들렸습니다. 구멍에서 많은 물이 샘솟는 소리처럼 콸콸하는 이상한 소리가 들렸던 것입니다. 그 콸콸하는 소리가 한동안 이어지다가 잦아진 다음에는 쿵쾅쿵쾅하는 굉음과 같은, 으스스하고 섬뜩한 소리가 들려왔습니다. 그런데도 K는 아직껏 고개를 들지 않고

177

있었습니다. 그는 여전히 꼼짝 않고 쪼그려 앉은 채 발치에 있는 뭔가를 쳐다보고 있었습니다. 그 한 곳에만 의식을 집중하고 있었습니다. K에게는 그 포효하는 엄청난 소리가 들리지 않았던 것입니다. 어째서 땅이 울리는 것 같은 그렇게 큰 소리가 그의 귀에 들리지 않았는지, 그건 나도 알 수 없습니다. 어쩌면 그 소리를 들었던 건 나뿐이었는지도 모르겠습니다. 묘하게 들릴지도 모르지만, 그건 나 한 사람의 귀 말고는 아무에게도 전달되지 않는 특수한 성질의 소리였는지도 모릅니다. 그렇게 생각한 이유는 K의 옆에 있던 개 역시 그 소리를 눈치채지 못한 것 같았기 때문입니다. 잘 아시다시피 개는 소리에 매우 민감한 동물인데 말입니다.

나는 서둘러 K에게 달려가 그를 부여잡고 그곳에서 도망치려고 했습니다. 그렇게 하는 것 외에는 달리 방법이 없었습니다. 나는 이제 곧 파도가 다시 밀려오리라는 것을 알고 있었고, K는 모르고 있었던 것입니다. 그러나 정신을 차려보니, 내 두 발은 이미 내 속마음과는 전혀 다른 방향으로 향하고 있었습니다. 나는 방파제를 향해 혼자 도망치고 있었던 것입니다. 그때 나를 그렇게 만든 것은 아마도 끔찍할 정도로 어마어마한 공포였다고 생각합니다. 그것이 내 목소리를 앗아가고, 내 다리를 멋대로 움직이게 했던 것입니다. 나는 부드러운 모래사장을 구르듯이 달려 방파제에 다다르고 나서야 K를 향해 소리쳤습니다.

'위험해, 파도가 오고 있어.' 이번에는 내 입에서 큰 소리가 나왔습니다. 정신을 차리고 보니 어느 결에 굉음도 사라지고 들리지 않았습니다. K도 그제야 겨우 내가 부르는 소리를 알아듣고 고개를 들었습니다. 그러나 이미 때는 늦었던 것입니다. 그땐 커다란 파도가 뱀처럼 대가리를 높이 쳐들어 해안을 덮치기 시작하고 있었습니다. 그렇게 무시무시한 큰 파도를 본 것은 태어나서 처음이었습니다. 높이가 거의 삼층 빌딩 높이만 하게 보였습니다. 그런 엄청난 파도가 거의 아무런 소리도 없이(적어도 나는 소리가 났다는 기억이 없습니다. 그것은 내 기억 속에서는 아무런 소리 없이 다가왔습니다), K의 등 뒤에서 하늘을 덮어버릴 듯한 기세로 솟구쳤던 것입니다. K는 잠시 무슨 영문인지 알 수 없다는 듯한 표정으로 나를 바라보았습니다. 그러고 나서 문득 뭔가를 알아차린 듯 뒤를 돌아보았습니다. 그는 도망치려 했습니다. 그러나 도망

 일곱 번째 남자

친다는 건 어림도 없는 일이었습니다. 다음 순간 벌써 파도는 그를 삼켜버리고 말았습니다. 그것은 마치 전속력으로 달려오는 무자비한 기관차와 정면충돌한 것 같은 모양새였습니다.

파도는 굉음을 내며 크게 부서지면서 모래사장을 세차게 때리고, 이내 폭발한 것처럼 사방으로 튀어올랐고, 그중 일부는 공중으로 날아올라 내가 있는 방파제를 덮쳤습니다. 그러나 나는 방파제 뒤에 숨어 화를 면할 수 있었습니다. 그저 방파제를 넘어 튀어오른 물보라 끝에 옷이 젖었을 뿐이었습니다. 그런 다음 나는 서둘러 방파제 위로 올라가 바닷가를 살펴보았습니다. 파도는 방향을 바꾸어, 험악한 굉음만을 남긴 채 전속력으로 먼바다를 향해 밀려나가고 있었습니다. 마치 머나먼 땅끝에서 누군가가 거대한 카펫을 힘껏 잡아당기는 것같이 보였습니다. 바다를 뚫어지게 바라봤지만, 그 어디에서도 K의 모습은 보이지 않았습니다. 개의 모습도 보이지 않았습니다. 바닷물이 다 빠져버리고 바다 밑바닥이 송두리째 드러나는 건 아닐까 싶을 정도로, 파도는 단숨에 쭉 멀리까지 밀려갔습니다. 나는 방파제 위에 홀로 선 채 꼼짝할 수 없었습니다.

정적이 다시 돌아왔습니다. 소리라는 소리는 모두 억지로 틀어막은 듯한 절망적인 정적이었습니다. 파도는 K를 삼켜버린 채 어딘가 먼 곳으로 사라져버렸습니다. 도대체 이제부터 나는 어떻게 하면 좋을지 전혀 짐작도 할 수 없었습니다. '모래사장으로 내려가볼까' 하는 생각도 해보았습니다. 혹시 K는 그 근처 모래 속에 묻혀 있을지도 모른다…… 그러나 나는 생각을 바꾸어 그대로 방파제를 떠나지 않았습니다. 파도란 절대 한 번만 왔다 가버리지 않고, 두 번이고 세 번이고 계속 밀려오는 습성을 지녔다는 걸 나는 경험을 통해 잘 알고 있었기 때문입니다.

시간이 얼마나 흘렀는지는 잘 기억나지 않습니다. 그렇게 긴 시간은 아니었을 겁니다. 길어야 십 초 혹은 이십 초, 고작 그 정도였을 겁니다. 아무튼 을씨년스런 공백 뒤에 내가 짐작한 대로 파도는 다시 한 번 바닷가로 밀려오기 시작했습니다. 굉음이 앞서와 같이 격렬하게 땅을 뒤흔들고 그 소리가 사그라지자, 이윽고 파도가 커다란 뱀 대가리 같은 고개를 쳐들고 치솟아올랐습니다. 전과 똑같은 모양으로 그 파도는 하늘을 뒤덮고, 치명적인 암벽처럼 내 앞을 가로막았습니다. 그러나 이번에는 어느 곳으로도 도망치지 않았습니다. 마치 사로잡힌 듯 방파제 위에 꼼짝 못하고 선 채로, 파도가 엄습해오는 것을 가만히 바라보고 있었습니다. K가 휩쓸려 가버린 이 마당에 나 혼자 도망쳐봐야 무슨 소용이겠느냐는, 그런 심정이었던 것 같습니다. 아니, 그보다 나는 압도적인 공포 앞에 그저 몸이 얼어붙었던 것인지도 모릅니다. 어느 쪽이었는지, 나는 잘 생각나지 않습니다.

두 번째로 몰아닥친 파도는 처음 파도 못지않게 커다란 파도였습니다. 아니, 더욱 엄청나게 큰 파도였습니다. 그 파도는 마치 벽돌로 쌓아올린 성벽이 무너져내릴 때와 같이 서서히 형체를 일그러뜨리면서 내 머리 위로 덮쳐오고 있었습니다. 너무도 어마어마하게 커서, 도저히 현실 속의 파도라고는 보이지 않았습니다. 그것은 파도 형상을 한 전혀 다른 것처럼 보였습니다. 머나먼 또 다른 세계에서 찾아온 파도의 모습을 한 다른 생물체처럼. 나는 각오를 단단히 하고 암흑이 나를 덮쳐올 순간을 기다렸습니다. 눈을 감지도 않았습니다. 나는 아직도 그때 심장 뛰는 소리가 바로 귓전에서 들리던 것이 기억납니다. 그런데 파도는 바로 내 코앞에 다가온 순간, 갑작스럽게 힘이 사그라져 허공에 뜬 채로 뚝 멈춰 섰습니다. 그저 한순간의 일이었지만, 파도는 무너져내리는 모습인 채로, 거기에 뚝 하고 정지했던 것입니다. 그리고 나는 그 순간 파도의 맨 꼭대기 속에서, 그 투명하고 잔인한 혓바닥 속에서, K의 모습을 똑똑히 보았습니다.

  어쩌면 여러분은 내가 말씀드리는 것을 믿지 못하실지도 모르겠습니다. 그건 어쩔 수 없는 일이겠죠. 어떻게 그런 일이 벌어질 수 있었는지, 솔직히 말씀드리면 나 자신도 지금껏 잘 납득할 수 없습니다. 물론 설명할 수도 없습니다. 하지만 내가 말씀드린 모든 것은 환상도 착각도 아닙니다. 거짓이 아닌 실제로 그때 일어난 일입니다. 그 파도머리 부분에, 마치 투명한 캡슐에라도 갇힌 것처럼 K의 몸이 뚜렷이 옆을 향한 채 떠 있었습니다. 그뿐만이 아닙니다. K는 나를 보고 웃음을 짓고 있었습니다. 나는 바로 눈앞에서, 손이 닿을 만한 거리에서, 조금 전 파도에 쓸려간 친구의 모습을 볼 수 있었습니다. 틀림없었습니다. 그는 나를 보고 웃고 있었던 겁니다. 그것도 그냥 웃고 있는 게 아니었습니다. K의 입은 문

일곱 번째 남자

자 그대로 귀밑까지 찢어질 정도로 크게 벌어져 있었습니다. 그리고 차갑게 얼어붙은 두 눈은 나를 뚫어지게 바라보고 있었습니다. 그는 오른손을 내 쪽으로 내밀었습니다. 마치 나를 잡고, 그쪽 세계로 끌고 가려는 것처럼. 그러나 아주 근소한 차이로 그의 손은 나를 잡지 못했습니다. 그러고 나서 다시 한 번 K는 입을 더 크게 벌리고 웃었습니다.

그때쯤 나는 정신을 잃어버린 듯합니다. 정신이 들었을 때 나는 아버지 병원의 침대 위에 누워 있었습니다. 내가 눈을 뜨자, 간호사가 아버지를 부르러 갔고, 아버지는 바로 달려오셨습니다. 아버지는 내 손을 잡고 맥을 짚어보고, 동공을 보고, 이마에 손을 대고 열을 재셨습니다. 나는 손을 움직여보려고 했지만, 아무리 해도 꼼짝도 할 수 없었습니다. 몸이 타는 듯이 뜨겁고, 머릿속은 멍해서 아무 생각도 할 수 없었습니다. 나는 며칠 동안이나 고열에 시달렸던 모양이었습니다. 넌 사흘 동안 줄곧 잠들어 있었다고 아버지는 말씀하셨습니다. 그날 조금 떨어진 곳에서 처음부터 끝까지 나를 지켜보고 있던 이웃 사람이 쓰러져 있는 나를 안고 집으로 데려다주었다고 했습니다. K는 파도에 휩쓸려간 채 아직까지 행방을 알 수 없다고, 아버지는 말씀하셨습니다. 나는 아버지에게 무슨 말인가 하려고 했습니다. 뭔가 말하지 않으면 안 된다고 생각했습니다. 하지만 혀는 부어오르고 마비되어 있었습니다. 말이 나오지 않았습니다. 마치 입안에 다른 생물체가 살고 있는 것 같은 느낌이 들었습니다. 아버지는 내게 이름을 물어보셨습니다. 나는 내 이름을 생각해내려고 했지만, 기억이 채 떠오르기도 전에 다시 의식을 잃고 깊은 암흑 속으로 빠져들고 말았습니다.

결국 나는 일주일 동안 유동식만 먹으며, 병원 침대에 누워 있어야 했습니다. 나는 몇 번이나 토하고 가위에 눌렸습니다. 아버지는 그동안 심한 충격과 고열 때문에 내 의식이 영원히 돌아오지 않을까 봐 몹시 걱정하셨다고 합니다. 확실히 그렇게 된다 해도 이상할 게 없을 정도로 내 상태는 매우 심각했습니다. 하지만 나는 육체적으로는 그럭저럭 회복할 수 있었습니다. 몇 주일 후에는 보통 때처럼 생활할 수도 있게 되었습니다. 평소대로 식사를 하고, 학교에도 다닐 수 있게 되었습니다. 그렇다고 해서 물론 모든 것이 원래대로 돌

일곱 번째 남자

아간 건 아니었습니다.

K의 시신은 끝내 발견되지 않았습니다. 그와 함께 파도에 쓸려갔던 개의 시체 역시 어디에서도 찾을 수 없었습니다. 그 바닷가 근처에서 빠져 죽은 사람은 대체로 언제나 조류에 휩쓸려 동쪽의 작은 후미 근처로 밀려갔다가, 며칠 후에는 해변으로 밀려오는데, K의 시체만은 끝내 어디에서도 행방을 찾을 수 없었습니다. 아마도 그때 몰아닥친 태풍의 파도가 너무 커서 아주 먼 바다까지 떠내려갔다가 해안으로 돌아오지 못했는지도 모르겠습니다. 어쩌면 어딘가 바다 밑 깊숙이 가라앉아 벌써 물고기 밥이 되어버렸는지도 모를 일이었습니다. K의 시체를 찾는 작업은 이웃 어부들의 도움을 받아 꽤 오랫동안 계속됐지만, 그것도 결국 어느새 흐지부지 끝나버리고 말았습니다. 중요한 시체가 발견되지 않은 탓으로 끝내 장례도 치르지 못했습니다. K의 부모님은 그 이후 거의 광란 상태가 되어 매일 하염없이 바닷가를 헤매거나, 집 안에 틀어박혀 불경을 소리 내어 외웠습니다.

그러나 그렇게 큰 충격을 받았음에도 내가 태풍이 한창일 때 K를 해안에 데려간 것에 대해 K의 부모님은 나를 단 한 번도 책망하지 않으셨습니다. 평소에 내가 K를 친동생처럼 사랑하고 소중하게 대했음을 그분들은 잘 알고 계셨기 때문입니다. 또 우리 부모님 역시, 내 앞에서 그 사건에 관한 이야기는 가능한 한 하지 않으려고 애쓰셨습니다. 하지만 나는 알고 있었습니다. 내가 마음만 먹었다면 얼마든지 K를 구할 수 있었다는 것을. K가 있는 곳까지 가서 그를 잡아끌고 파도가 미치지 않는 곳으로 도망칠 수 있었을지도 모릅니다. 타이밍이 아주 아슬아슬했을지 모르지만, 기억을 더듬어보면 그 정도의 여유는 있었다고 생각됩니다. 하지만 나는 앞에서도 말씀드린 바와 같이 압도적인 공포에 사로잡혀 K를 내버려두고 혼자 부랴부랴 도망쳐버렸던 것입니다. K의 부모님이 나를 비난하지 않음으로써, 또 다른 사람들도 종기를 건드리지 않으려고 애쓰듯 이 사건에 대해 일절 말하지 않기 때문에 오히려 나는 더욱 고통스러웠습니다. 오랫동안 그 정신적 충격에서 벗어날 수 없었습니다. 학교에도 가지 않고 식사도 제대로 하지 않고, 방 안에 그냥 누워 매일같이 멍하니 천장만 바라보고 있었습니다.

그 파도의 맨 앞에 누워 씩 웃던 K의 얼굴을 나는 아무리 해도 잊을 수 없었습니다. 그가 유인하는 듯이 내게 내밀던 손을, 그 손가락 하나하나를 머릿속에서 지워버릴 수가 없었습니다. 잠이 들면 마치 고대하고 있었다는 듯이 꿈속에서 그 얼굴과 손이 나타나곤 했습니다. 꿈속에서는 파도의 앞쪽 끝에 놓인 캡슐 안에서 K가 불쑥 튀어나와, 거기에 있는 내 손목을 불끈 쥐고 곧장 파도 속으로 끌고 들어갔습니다.

그리고 이런 꿈도 자주 꾸었습니다. 꿈속에서 나는 바다에서 수영을 하고 있습니다. 아주 맑게 갠 여름날 오후, 나는 평영으로 느긋하게 앞바다에 나가 헤엄을 치고 있습니다. 이글거리는 태양이 등에 내리쬐고, 바닷물은 아늑하게 나를 감싸고 있습니다. 그런데 그때 물속에서 누군가가 내 오른쪽 다리를 꼭 잡습니다. 발목을 잡는 얼음장처럼 차가운 손의 감촉이 느껴집니다. 그 힘이 너무 강해서 뿌리칠 수가 없습니다. 나는 그대로 물속으로 끌려들어갑니다. 나는 거기서 K 의 얼굴을 봅니다. K는 그때 모습 그대로 찢어질 듯 입을 크게 벌리고 히죽히죽 웃으며 나를 물끄러미 바라보고 있습니다. 나는 비명을 지르려고 합니다. 하지만 아무리 해도 목소리가 나오지 않습니다. 물을 먹을 뿐입니다. 물은 내 폐 속에 가득 차오릅니다.

나는 비명을 지르며, 땀에 젖고 숨이 꽉 막힌 채 어둠 속에서 눈을 뜹니다.

그해가 다 가기 전, 나는 하루라도 빨리 이 마을에서 벗어나 다른 곳으로 가서 살고 싶다고 부모님께 말씀드렸습니다. 내 눈앞에서 K를 삼켜버린 해안에서 이대로 살 수 없고, 알다시피 나는 매일 밤 악몽에 시달리고 있다. 가능한 한 멀리 떠나고 싶다. 그렇게 하지 않으면 미쳐버릴지도 모른다. 내 변명을 듣고 아버지는 거처를 옮기도록 채비해주셨습니다. 나는 이듬해 일월, 나가노 현에 있는 초등학교로 전학해서 다니게 되었습니다. 고모로 근처에 아버지 생가가 있어서 그곳에서 살게 된 것입니다. 나는 그곳에서 중학교를 마치고, 고등학교에 진학했습니다. 방학 때에도 집에는 돌아가지 않았습니다. 대신 부모님이 이따금 나를 만나러 오셨습니다.

그래서 나는 지금도 나가노에서 계속 살고 있습니다. 나가노 시에 있는 이공 계통의 대학을 졸업하고, 그곳에 있는 정밀기계 회사에 취직해서 지금까지 일하고 있습니다. 나는 지극히 평범한 사람처럼 일하며 지내고 있습니다. 보시다시피 특별히 다른 사람들과 다른 점은 없습니다. 결코 사람들과 잘 사귀는 편은 아니지만 등산을 좋아해서 함께 산에 오르는 친구들도 몇 사람은 있습니다. 전에 살던 곳을 떠나온 후부터는 예전처럼 자주 악몽을 꾸진 않게 되었습니다. 그러나 그 악몽 같은 나날의 영향에서 완전히 해방된 것은 아닙니다. 그 꿈은 때때로 꿔준 돈을 받으러 오는 빚쟁이처럼 불쑥 나를 찾아옵니다. 잊어버릴 만하면 다시 찾아옵니다. 언제나 같은 꿈입니다. 꿈의 세세한 내용까지 똑같습니다. 그때마다 나는 비명을 지르며 잠에서 깨어납니다. 언제나 이불은 식은 땀으로 흠뻑 젖어 있습니다.

결혼을 하지 않은 것은 아마도 그 때문인지도 모르지요. 나는 한밤중 새벽 두 시나 세 시에 비명을 내질러서 옆에 있는 누군가를 깨우고 싶지는 않았습니다. 지금까지 좋아했던 여자도 몇 명인가 있었습니다. 하지만 누구와도 밤을 함께 지낸 적은 없었습니다. 공포는 내 뼛속까지 깊숙이 파고들어 있고, 그것을 다른 사람과 함께 나눈다는 것은 불가능한 일이었으니까요.

결국 나는 사십 년이 지나도록 고향에 가지 않았고, 바닷가 근처에도 가지 않았습니다. 고향의 바닷가뿐만 아니라, 바다 자체에 아예 가까이 가지 않도록 조심하며 살아왔습니다. 바다에 가면 꿈과 똑같은 일이 벌어질까 봐 두려웠습니다. 나는 원래 수영을 매우 좋아했지만, 그 일이 있고 난 후부터는 수영장에서 헤엄치는 일까지도 그만두어버렸습니다. 깊은 강이나 호숫가에도 간 적이 없습니다. 배를 타는 것도 피했습니다. 비행기를 타고 해외로 나간 적도 없습니다. 그런데도 나는 내가 어디에선가 익사할 것 같은 예감을 머릿속에서 떨쳐버릴 수 없었습니다. 그 어두운 예감은 꿈속에서 나를 잡았던 K의 싸늘한 손처럼 내 의식을 꽉 쥐고 놓아주지 않았던 것입니다.

내가 K를 앗아간 그 바닷가를 그 이후 처음으로 다시 찾은 것은 작년 봄이었습니다.

그 한 해 전에 암으로 돌아가신 아버지의 재산을 처분하기 위해 형이 고향집을 팔았는데, 그때 창고를 정리하다 형이 내 어렸을 적 물건을 담아둔 골판지 상자를 발견하고, 그것을 내게 보내주었던 것입니다. 상자 안에 담긴 것은 대부분

쓸모없는 잡동사니였는데, 그 안에 있던 K가 내게 그려준 그림 한 묶음이 우연히 내 눈에 띄었습니다. 아마도 부모님이 나를 위해 기념으로 남겨주신 것이라고 생각되었습니다. 나는 두려움에 나도 모르게 숨이 막힐 지경이었습니다. K의 영혼이 당장이라도 그 그림 속에서 다시 살아날 것 같은 느낌이 들었습니다. 나는 당장 버릴 생각으로, 그것을 원래대로 얇은 종이에 싸서 다시 상자에 넣었습니다. 그러나 나는 도저히 그 K의 그림들을 버릴 수가 없었습니다. 며칠 후 여러모로 고민한 끝에 나는 다시 상자를 풀고 K가 그린 수채화를 마음 단단히 먹고 꺼내보았습니다.

풍경화가 대부분이었습니다. 눈에 익은 고향 바다나 모래사장, 소나무 숲이나 거리의 모습이 K다운 확연한 색상으로 그려져 있었습니다. 신기하리만큼 색상이 바래지 않아 옛날에 보았던 그대로의 인상을 선명하게 간직하고 있었습니다. 그림을 손에 들고 넋을 잃은 채 보고 있는 사이, 나는 깊은 그리움에 사로잡히게 되었습니다. 그 그림들은 기억하고 있던 것보다 훨씬 잘 그려졌고 또 예술적으로도 뛰어났습니다. 그 그림 속에서 K라고 하는 소년의 깊은 심정 같은 것을 사무치게 느낄 수 있었습니다. 그가 어떤 눈으로 세상을 바라보았는지 나는 마치 내 일처럼 절실하게 이해할 수 있었습니다. 나는 그 그림들을 바라보면서, K와 함께했던 추억과 같이 찾았던 장소들을 하나하나 선명하게 떠올렸습니다. 그렇습니다, 그건 어린 시절의 나 자신의 시선이기도 했습니다. 그 시절의 나는 K와 둘이서 어깨를 나란히 하고, 똑같이 초롱초롱하고 깨끗한 눈으로 세계를 보았던 것입니다.

나는 매일 퇴근 후 집에 돌아오면 책상에 앉아, K의 그림을 하나씩 손에 들고 들여다보았습니다. 언제까지나 하염없이 바라보았습니다. 거기에는 내가 오랫동안 의식 속에서 집요하게 밖으로 튕겨내왔던, 소년 시절의 다정스런 풍경이 있었습니다. K의 그림을 보고 있으면, 뭔가가 내 몸속으로 조용히 스며드는 것처럼 느껴졌습니다.

그리고 어느 때인가, 아마도 일주일쯤 지났을 무렵이라고 생각되는데, 나는 갑자기 이런 생각을 하게 되었습니다. 혹시 나는 지금까지 중대한 착각을 하고 있었던 것은 아닐까, 하고 말입니다. 저 파도의 꼭대기에 누워 있던 K가 나를 미워하고 원망하며, 혹은 어디론가 끌고 가려 했다고 생각한

일곱 번째 남자

건 나의 오해가 아닐까. 그가 히죽하고 웃은 것처럼 보인 것
은 그냥 내 지레짐작일 뿐, 그때 그는 이미 의식이고 뭐고
없었던 게 아닐까. 어쩌면 K가 나를 보고 마지막으로 부드
러운 미소를 보낸 것은 영원한 작별 인사가 아니었을까. 내
가 K의 표정에서 느꼈던 강한 증오의 빛은, 그 순간 나를 사
로잡고 지배했던 깊은 공포의 투영에 불과한 것은 아닐
까…… K가 그린 옛 수채화를 꼼꼼하게 바라보고 있는 동
안 내 생각들은 점점 굳어져갔습니다. 몇 번이고 몇 번이고
살펴봐도 K의 그림 속에서는 티 없이 맑고 따뜻한 영혼밖에
는 느껴지지 않았기 때문입니다.

나는 그 그림을 보고 나서 오랜 시간 그 자리에 꼼짝 않고
앉아 있었습니다. 일어날 수도 없었습니다. 해가 저물고, 저
물녘의 엷은 어둠이 서서히 방 안 가득히 내려앉았습니다.
이윽고 깊은 침묵의 밤이 찾아왔습니다. 밤이 한없이 계속되
고, 어둠의 분동(分銅, 무게를 잴 때 쓰는 저울추-옮긴이)이 더 이상
올려놓을 수 없을 만큼 쌓였을 무렵 가까스로 날이 밝았습니
다. 새로운 태양이 하늘을 연분홍으로 물들이고, 새들이 깨
어나 지저귀기 시작했습니다.

그때 나는, 고향으로 돌아가지 않으면 안 되겠다고 생각했습니다. 그것도 지금 당장.

나는 보스턴백에 단출하게 짐을 꾸리고 회사에는 급한 일로 쉬겠다고 전화를 한 후, 기차를 타고 고향으로 향했습니다.

고향의 거리는 내가 기억하고 있는 그런 한적한 바닷가 마을은 아니었습니다. 1960년대 고도성장기의 영향으로 교외에 공업도시가 들어서서 주변 풍경이 크게 바뀌어 있었습니다. 토산품 가게가 고작이던 역 앞에는 상점들이 즐비하게 늘어서 있고, 시내에 딱 하나뿐이던 영화관 자리에는 대형 슈퍼마켓이 들어서 있었습니다. 우리 집도 이제 없었습니다. 그 집은 수개월 전에 철거되고, 공터만 남아 있었습니다. 정원의 나무들은 모두 잘려나갔고, 거무칙칙한 지면의 공터 여기저기에는 잡초가 자라고 있을 뿐이었습니다. K가 살았던 옛집 역시 흔적조차 볼 수 없었습니다. 그의 집이 있던 주변은 콘크리트로 다져놓은 유료 주차장이 되어 승용차와 밴이 세워져 있었습니다. 그러나 그런 변화 속에서도 나의 내면에는 감상이라고 할 만한 것은 없었습니다. 오래전부터 그곳은 이미 나의 고향은 아니었기 때문입니다.

　나는 바닷가까지 걸어나가 방파제의 계단을 올라갔습니다. 방파제 너머에는 이전과 변함없이, 아무런 장애도 없이 드넓은 바다가 펼쳐져 있었습니다. 거대한 바다입니다. 저 멀리 한 줄기 수평선이 보였습니다. 해변 모습도 옛날 그대로였습니다. 예전과 다름없이 모래사장이 펼쳐져 있고, 예전과 다름없이 파도가 밀려오고, 예전과 다름없이 사람들이 파도가 철썩이는 해변을 산책하고 있었습니다. 오후 네 시가 지나고 해질녘이 되자 따스한 햇살이 주위를 감싸고, 태양은 무엇인가 골똘히 생각하는 듯이 서서히 서쪽을 향해 기울고 있었습니다. 나는 모래사장에 앉아, 가방을 옆에 두고 그런 풍경을 그저 말없이 바라보고 있었습니다. 참으로 온화하고 아름다운 풍경이었습니다. 일찍이 거기에 끔찍한 태풍이 몰아닥쳤고, 높은 파도가 나의 둘도 없는 친구를 앗아가고 말았다는 사실들이, 지금 이 풍경으로는 상상도 할 수 없었습니다. 또한 사십 년 전에 그런 사고가 있었다는 걸 기억하는 사람도 지금은 거의 남아 있지 않을 겁니다. 모든 것이 내 머릿속에서 만들어낸 정밀한 환상은 아니었을까 하는 생각이

들 정도였습니다.

문득 정신을 차렸을 때, 내 안의 깊은 어둠은 이미 사라지고 없었습니다. 그것은 처음 찾아왔을 때와 마찬가지로, 불시에 사라지고 만 것입니다. 나는 천천히 모래사장에서 일어났습니다. 그리고 바다가 파도치는 곳까지 걸어가서 바지 자락도 걷어올리지 않고 바닷물 속으로 발을 내디뎠습니다. 구두를 신은 채, 밀려오는 파도를 맞아보았습니다. 어린 시절에 그 바닷가에서 밀려오고 밀려갔던 똑같은 파도가, 마치 화해라도 하려는 것처럼 정답게 내 발을 치고, 내 옷과 구두를 거무스레하게 적셨습니다. 몇 번인가 완만한 파도가 간격을 두고 밀려왔다가 다시 밀려갔습니다. 지나는 사람들이 그런 내 모습을 이상하다는 듯 힐끔힐끔 쳐다보고 있었습니다. 하지만 나는 그런 사람들의 시선에 전혀 신경 쓰지 않았습니다. 그렇습니다, 오랜 세월이 흐른 뒤에 나는 간신히 이곳으로 돌아온 것입니다.

나는 고개를 들어 하늘을 쳐다보았습니다. 솜을 잘게 뜯어 뿌려놓은 듯한 작은 잿빛 구름이 하늘 여기저기에 드문드문 떠 있었습니다. 바람도 잠잠하여 그 구름 조각들은 움직이지 않고 가만히 머물러 있는 것처럼 보였습니다. 딱히 설명할 수는 없지만, 그 구름들은 나만을 위해 떠 있는 것처럼 보였습니다. 나는 예전에 소년 시절의 내가 태풍의 커다란 눈을 보려고 지금처럼 하늘을 올려다보던 때를 떠올렸습니다. 그때 내 안에서 시간의 축이 큰 소리를 내며 삐걱거렸습니다. 사십 년이란 세월이 내 안에서 낡아빠진 집처럼 무너져내리고, 묵은 시간과 새로운 시간이 하나의 소용돌이 속에서 뒤섞였습니다. 주위의 소리가 사라지고 빛이 사방으로 흔들렸습니다. 그리고 나는 몸의 균형을 잃고, 밀려오는 파도 속에 쓰러지고 말았습니다. 심장이 내 목구멍 깊숙한 곳에서 큰 소리를 내고, 손발은 감각을 잃어갔습니다. 나는 오랫동안 그 상태로 엎드려 있었습니다. 일어날 수가 없었던 것입니다. 하지만 나는 무섭지는 않았습니다. 그렇습니다. 이제 아무것도 두려워할 것은 없었습니다. 모든 공포는 사라져버렸기 때문입니다.

그날 이후 나는 그 무서운 꿈을 꾸지 않게 되었습니다. 비명을 지르며 밤중에 눈을 뜨는 일도 없어졌습니다. 나는 지금, 인생을 처음부터 다시 시작하려 합니다. 어쩌면 다시 시작하기에는 이제 너무 늦었는지도 모릅니다. 내 인생의 시간은 앞으로 얼마 남아 있지 않았는지도 모르겠습니다. 그렇지만 설사 너무 늦었다고 해도, 마지막에 이렇게 구원받고 마침내 정상으로 회복될 수 있었다는 사실에 나는 감사하고 있습니다. 그렇습니다. 구원을 받지 못한 채 공포의 어둠 속에서 비명을 지르며, 이 인생이 끝나버렸을 가능성도 충분히 있었으니까요."

일곱 번째 남자는 잠시 동안 말없이 그 자리에 있는 사람들을 바라보았다. 누구도 말 한마디 꺼내지 않았다. 숨소리조차 들리지 않았다. 자세를 바꾸는 사람도 없었다. 사람들은 모두 일곱 번째 남자가 하던 이야기를 계속할 것을 기다리고 있었다. 바람이 완전히 멈춘 듯 밖에서는 어떤 소리도 들리지 않았다. 남자는 적당한 단어를 고르는 듯이 다시 한번 셔츠 깃을 매만졌다.

"내가 생각하기에 우리의 인생에서 정말로 무서운 건, 공포 그 자체는 아닙니다." 남자는 잠시 말을 멈추었다가 이렇게 말했다. "공포는 확실히 내부에 있습니다…… 그것은 여러 가지 형태로 나타나서 때로는 우리의 존재를 압도해버립니다. 그러나 무엇보다 가장 무서운 것은 그 공포를 향해 등을 돌리고 눈을 감아버리는 것입니다. 그렇게 함으로써 우리는 자신 안에 있는 가장 소중한 것을 무엇인가에 줘버리게 됩니다. 내 경우에는— 그것은 파도였습니다."

장님 버드나무와, 잠자는 여자

〈장님 버드나무와, 잠자는 여자〉를 위한 인트로

이 작품은 1983년 12월호 《문학계》에 게재된 〈장님 버드나무와 잠자는 여자〉를 약 십 년 만에 손질한 것입니다. 오리지널은 400자를 채워 약 80매 정도고, 이것은 약간 길다고 생각돼서 좀 짧게 줄이고 싶다고 전부터 생각해왔습니다. 마침 1995년 여름에 고베와 아시아에서 낭독회를 개최할 기회가 생겨, 그때 어떻게든 이 작품을 읽고 싶다고 생각했기 때문에(이 작품은 그 지역을 염두에 두고 쓰인 것이기 때문입니다) 크게 개정해보기로 했습니다. 오리지널 〈장님 버드나무와 잠자는 여자〉와 구별하기 위해, 편의적으로 〈장님 버드나무와, 잠자는 여자〉로 제목을 바꿨습니다. 원고량은 약 4퍼센트 줄었고, 45매 정도로 다이어트했지만, 그에 따라 내용도 부분적으로 바뀌게 돼서 오리지널과는 조금 다른 흐름과 배경을 가진 작품이 되었습니다. 그래서 다른 버전으로, 아니 다른 형태의 작품으로 이 단편집에 수록하게 된 것입니다. 아무튼 신구新舊 작품 모두 함께 존재하게 되었습니다.

이 작품은 같은 단편집에 수록된 〈반딧불이[螢]〉라는 단편과 짝이 된 것으로, 후에 《상실의 시대(원제: 노르웨이의 숲)》란 장편소설에 통합된 계통이지만, 〈반딧불이〉와는 달리 이 〈장님 버드나무와 잠자는 여자〉와 《상실의 시대》 사이에는 스토리상의 직접적인 관련성은 없습니다.

눈을 감으면 바람 냄새가 코끝에 닿았다. 과일처럼 물오른 오월의 바람이다. 그 속에는 까칠까칠한 껍질이 있고, 끈적거리는 과육이 있고, 씨앗들이 있다. 과육이 공중에서 터지자, 씨앗이 부드러운 산탄이 되어 소매를 걷어붙인 내 팔뚝에 부딪혔다. 살짝 살갗을 스치는 따끔한 감촉이 남았다.

"저, 지금 몇 시지?" 사촌 동생이 내게 물었다. 그는 나보다 20센티미터쯤 키가 작았기 때문에, 늘 나를 올려다보는 자세로 말했다.

나는 손목시계를 보았다. "열 시 이십 분."

"그 시계 맞는 거야?" 하고 사촌 동생이 물었다.

"맞을걸."

사촌 동생은 내 손목을 끌어당겨 시계를 보았다. 그의 손가락은 가늘고 매끈했지만, 보기보다는 힘이 셌다.

"이거, 비싼 거야?"

 장님 버드나무와, 잠자는 여자

"비싼 거 아냐, 싼 거야." 시각표에 다시 한 번 시선을 보내며 나는 말했다.

반응이 없다.

사촌 동생 쪽을 쳐다봤더니, 그는 난처한 표정을 지으며 나를 올려다보고 있었다. 입술 사이로 보이는 하얀 이가 퇴행한 뼈처럼 보인다.

"이거 싸구려야" 하고 나는 사촌 동생의 얼굴을 쳐다보면서, 정확하게 또박또박 말을 끊어서 되풀이해 말했다. "싸구려이긴 하지만, 꽤 정확해."

사촌 동생은 말없이 고개를 끄덕였다.

사촌 동생은 오른쪽 귀가 좋지 않다. 초등학교에 입학한 직후, 야구공에 귀를 얻어맞은 뒤부터 청력에 장애가 나타나게 되었다. 그렇긴 해도 대부분의 경우, 일상생활에 지장을 초래할 만한 정도는 아니다. 그래서 일반 학교에 다니면서 정상적인 생활을 하고 있다. 교실에서는 왼쪽 귀를 선생님 쪽으로 돌릴 수 있도록 늘 맨 앞자리의 오른쪽에 앉는다. 성적도 나쁘지는 않다. 하지만 그에게는 외부의 소리가 비교적 잘 들리는 시기와 그렇지 않은 시기가 있다. 그것이 밀물과 썰물처럼 번갈아 찾아오는 것이다. 그리고 아주 드물게, 반 년에 한 번쯤은 양쪽 귀가 모두 거의 들리지 않는 일도 있다. 마치 오른쪽 귀의 침묵이 깊어져서, 그것이 왼쪽의 소리마저 짓눌러 봉쇄해버리는 것처럼. 물론 그렇게 되면 정상적인 생 활은 제대로 할 수가 없게 되고, 학교마저 쉴 수밖에 없다. 무슨 이유로 그런 일이 생기는지는 의사도 설명하지 못한다. 그런 전례가 없기 때문이다. 물론 치료도 할 수 없다.

"시계란 건 말이지, 비싸다고 해서 다 잘 맞는 건 아니잖 아." 사촌 동생은 마치 자기 자신에게 들으라고 하는 것처럼 말했다. "내가 전에 갖고 있던 시계는 꽤 비싼 것이었지만, 늘 잘 맞지 않았어. 중학교에 들어갔을 때 받은 건데, 일 년 만에 잃어버리고, 그 이후로는 시계 없이 지내고 있어. 다시 안 사주셨거든."

"시계가 없으면 불편하지 않아?" 하고 나는 말했다.

"뭐?" 하고 사촌 동생이 되물었다.

"불편하지 않냐고, 시계가 없으면?" 하고 나는 그의 얼굴을 쳐다보며 다시 말했다.

   장님 버드나무와, 잠자는 여자

"그렇진 않아" 하고 사촌 동생은 고개를 저으며 말했다. "산속에서 혼자 사는 게 아니니까. 시간 같은 건 아무한테나 물으면 되잖아."

"그건 그렇지" 하고 나는 말했다.

그리고 우리는 다시 잠시 동안 대화가 끊겼다.

그에게 좀 더 친절하게 이런저런 말을 해주지 않으면 안 된다는 건 잘 알고 있었다. 사촌 동생이 느끼고 있는 긴장을 병원에 도착할 때까지 조금이라도 풀어주지 않으면 안 되는 것이다. 하지만 전에 그를 만나고 나서, 벌써 오 년이 지났다. 그 오 년 사이에 사촌 동생은 아홉 살에서 열네 살이 되었고, 나는 스무 살에서 스물다섯 살이 되었다. 그 시간의 공백은 우리 둘 사이에 잘 통과할 수 없는 반투명의 칸막이 같은 것을 만들어놓고 말았다. 필요한 일에 대해 말을 걸어보고 싶어도 적당한 말이 떠오르지 않았다. 그리고 내가 말을 더듬거나, 혹은 말을 하려다가 그만둘 때마다 사촌 동생은 으레 약간 난처한 듯한 표정으로 나를 올려다보았다. 왼쪽 귀를 약간 내가 있는 쪽으로 기울이고 있었다.

"지금 몇 분이야?" 하고 사촌 동생이 물었다.

“열 시 이십오 분” 하고 나는 대답했다.

버스가 도착한 것은, 열 시 삼십이 분이었다.

내가 고등학교에 다닐 무렵과 달리 버스의 모양이 새로워
져 있었다. 운전석 앞의 유리창은 날개가 크게 뒤틀려 뜯겨
나간 대형 폭격기처럼 보였다. 그리고 버스 안은 생각했던
것보다 붐비고 있었다. 통로에 서 있는 승객은 없었지만, 우
리 둘이 나란히 앉을 만한 여유도 없었다. 그래서 우리는 자
리에 앉지 않고, 뒤쪽의 문 앞에 서 있기로 했다. 그다지 먼
길을 가는 것도 아니다. 그렇지만 이 시간대에 어째서 이렇
게 많은 승객들이 버스에 타고 있는 건지 나로서는 까닭을
알 수가 없었다. 전철역을 출발해서 야마노테(고지대에 있는 주
택이란 뜻으로 고급 주택이 많은, 이른바 부자 동네를 말함-옮긴이)의 주택지
를 돌아, 다시 처음의 전철역으로 돌아오는 순환버스인데, 그
노선 근처에 무슨 명소나 특별한 시설 같은 게 있는 것도 아
니었다. 학교가 몇 군데인가 있어 통학 시간이 되면 무척 붐
비긴 하지만, 한낮의 버스는 늘 텅텅 비어 있게 마련이었다.

나와 사촌 동생은 각자 한 손으로 가죽 손잡이와 받침대를

 장님 버드나무와, 잠자는 여자

잡고 있었다. 버스는 번쩍번쩍 빛이 나는 새 차였는데, 막 공장에서 꺼내온 것처럼 보였다. 금속 부분에는 얼룩 한 점 없어서 표면에 얼굴이 또렷하게 비칠 정도였다. 좌석의 깔개도 말끔하고, 새 기계 특유의 으스대는 듯한 낙천적인 분위기가 자그마한 나사못 하나하나에 이르기까지 어려 있었다.

버스가 새 차로 바뀌었다는 점과 승객 수가 생각보다 많다는 점이 나를 약간 어리둥절하게 했다. 어쩌면 이 버스 노선의 주변 환경이 내가 모르는 사이에 변했는지도 모른다. 나는 버스 안을 주의 깊게 살펴본 다음, 창밖의 풍경을 내다보았다. 그렇지만 거기에 있는 것은 전과 다름없는 조용한 교외 주택지의 풍경일 뿐이었다.

"이 버스로 가면 되는 거지?" 하고 사촌 동생이 불안한 표정으로 물었다. 아마도 내가 버스를 탄 이후 줄곧 당황한 듯한 표정을 짓는 것을 보고, 걱정이 된 것 같았다.

"그럼, 물론이지." 나는 반쯤은 자신에게 말하듯 대꾸했다. "잘못 탔을 리 없어. 여기에는 이 버스 노선 말고는 다른 노선이 없으니까."

"형도 예전에 이 버스를 타고 고등학교 다녔어?" 하고 사촌 동생이 물었다.

"그럼."

"학교 다니는 거, 좋아했어?"

"학교는 별로 좋아하지 않았어" 하고 나는 솔직하게 말했다. "하지만 학교 가면 친구도 만날 수 있고, 학교 다니는 게 그다지 고통스럽진 않았어."

사촌 동생은 내가 한 말에 대해 생각하고 있었다.

"그 친구들하고 지금도 만나?"

"아니, 벌써 안 만난 지 오래됐는걸" 하고 나는 말을 골라서 대답했다.

"어째서? 어째서 이젠 안 만나는 거야?"

"아주 멀리 떨어져 있기 때문이야." 사실과는 좀 달랐지만, 달리 설명할 수가 없었다.

내 자리 가까이에는 노인들이 단체로 모여 앉아 있었다. 모두 열댓 명 정도는 됐을 것이다. 버스가 붐볐던 건, 실은 그 노인들 때문이었다. 노인들은 모두 살갗이 보기 좋게 타 있었다. 목덜미 뒤까지 고루 까맣게 탄 모습이었다. 그리고 한 사람의 예외도 없이 모두 마른 몸매를 하고 있었다. 남자

 장님 버드나무와, 잠자는 여자

들은 대부분 두툼한 등산용 셔츠를 입고, 여자들은 거의 수수하고 간소한 블라우스를 입고 있었다. 전원이 가벼운 등산용의 자그마한 배낭 같은 걸 무릎 위에 얹어놓고 있었다. 그 노인들은 신기할 정도로 모습이 비슷했다. 마치 항목별로 나뉜 어떤 샘플이 들어 있는 서랍을 하나 쑥 빼내어 그대로 가지고 나온 것처럼 보였다. 그렇지만 좀 이상한 느낌이 들었다. 이 버스의 노선 주변에는 등산을 할 만한 코스 같은 건 한 군데도 없기 때문이다. 그들은 도대체 어디로 가려고 하는 것일까? 나는 가죽 손잡이에 매달려 흔들리면서 생각해보았지만, 그럴듯한 해답은 떠오르지 않았다.

"이번 치료는 아프지 않을까?" 하고 사촌 동생이 내게 물었다.

"글쎄, 어떨까" 하고 나는 말했다. "난 자세한 얘기를 전혀 못 들었거든."

"지금까지 귀 때문에 병원에 간 적 있어?"

나는 고개를 저었다. 아무리 생각해봐도 귀가 아파서 병원에 간 적은 태어나서 지금까지 단 한 번도 없었다.

"지금까지 치료할 때 많이 아팠니?" 하고 나는 물어보았다.

"그렇진 않았어." 사촌 동생은 망설이는 듯한 표정을 지었다. "물론 전혀 아프지 않았다는 건 아니고, 때로는 약간 아픈 경우도 있었어. 하지만 엄청 아팠던 적은 없었어."

"그럼 이번에도 비슷하지 않을까. 어머니 말씀으로는, 지금까지와 달라진 게 없는 치료를 하는 것도 아닌 것 같은데."

"하지만 말이야, 지금까지와 달라진 게 없는 치료를 계속한다면, 역시 여전히 낫지 않는 게 아닐까."

"그거야 모르지. 우연히 좋은 수가 생길 수도 있지 않을까."

"갑자기 마개가 펑 하고 따지는 것처럼?" 하고 사촌 동생이 말했다. 나는 그의 얼굴을 힐끔 쳐다보았는데, 의식적으로 빈정거리는 것처럼 보이지는 않았다.

나는 말했다. "의사가 바뀌면 기분도 바뀌게 마련이고, 약간의 순서 차이가 큰 의미를 가져올 수도 있지. 간단히 포기해버리면 희망이 없잖아."

   장님 버드나무와, 잠자는 여자

"뭐 포기한 건 아니야" 하고 사촌 동생은 말했다.

"그러면 지겨워진 거니?"

"어느 정도는" 하고 사촌 동생은 말하고 한숨을 쉬었다. "가장 괴로운 건 공포라는 거야. 실제 느끼는 아픔보다 언제 찾아올지 모르는 아픔을 상상하는 것이 훨씬 싫고 두려워. 그런 기분 알겠어?"

"알 것도 같은데" 하고 나는 대답했다.

그해 봄에는 여러 가지 일이 일어났다. 사정이 있어, 그때까지 이 년 동안 몸담았던 도쿄의 작은 광고대행사를 그만두었다. 그 일을 전후해서 대학에 다닐 때부터 사귀어오던 여자친구와도 헤어지게 되었다. 그다음 달에는 할머니가 창자암으로 돌아가셨고, 나는 장례식에 참석하기 위해 작은 가방 하나 들고 오 년 만에 이곳으로 돌아왔다. 집에는 내가 쓰던 방이 여전히 옛 모습 그대로 남아 있었다. 책장에는 내가 읽던 책이 꽂혀 있고, 내가 자던 침대, 내가 사용하던 책상, 내가 듣던 오래된 레코드도 그대로 남아 있었다. 하지만 방 안에 있는 모든 것은 생기가 없어지고, 훨씬 오래전에 그 색과

향을 잃은 상태였다. 그러나 시간만은 완벽하게 정지되어 있었다.

할머니의 장례식이 끝난 후, 이삼 일 쉬고 나서 바로 도쿄로 돌아갈 예정이었다. 새 직장을 구해줄 만한 연줄이 없는 것도 아니어서 한번 연락을 해볼 참이었다. 기분을 바꾸기 위해 이사도 하고 싶었다. 그러나 시간이 지남에 따라 막상 실행을 하려니 점점 귀찮아졌다. 아니, 더 정확하게 표현하자면, 그렇게 하고 싶어도 나는 이제 더 이상 움직일 수 없는 몸이 되었다. 혼자 방 안에 틀어박혀 오래된 레코드를 듣고, 옛날에 읽은 책을 다시 읽고, 가끔 정원의 잡초를 뽑기도 하며 지냈다. 누구와도 만나고 싶지 않았고, 가족 말고는 아무하고도 말하지 않았다.

그러던 어느 날 큰어머니가 찾아오셔서, 사촌 동생이 다른 병원에 다니게 되었는데 같이 가주지 않겠느냐고 부탁하셨다. 사실은 당신이 따라가야 하는데, 그날 중요한 볼일이 있다고 말씀하셨다. 그 병원은 내가 다니던 고등학교 근처에 있어서 위치를 잘 아는 데다 시간도 있어 거절할 이유가 없었다. 큰어머니는 나에게, 이걸로 둘이 식사라도 하라고 하

  장님 버드나무와, 잠자는 여자

시며 돈이 든 봉투를 주셨다.

사촌 동생이 새로운 병원으로 옮긴 것은 그때까지 다니던 병원에서 받은 치료가 거의 효과를 볼 수 없었기 때문이었다. 그뿐 아니라, 그의 난청이 찾아오는 주기가 전보다 훨씬 짧아졌다. 그 일로 큰어머니는 의사에게 불만을 털어놓았고, 의사는 외과적인 원인이 아니라 댁의 가정환경에 문제가 있는 게 아니냐고 말해 다툼이 벌어졌다. 그렇다고 병원을 바꾸었다는 것만으로 사촌 동생의 청각 장애가 바로 호전될 것이라고는, 솔직히 말해서 아무도 기대하지 않았다. 물론 입에 담지는 않았지만, 주위 사람들은 그의 귀에 대해서는 반쯤 체념해버린 것 같았다.

나와 사촌 동생은 집이야 가까운 곳에 살고 있었지만, 나이가 열 살 이상 차이가 나는 탓에 아주 친하게 지낸다고 할 정도의 사이는 아니었다. 친척들이 모일 때면 잠깐 어딘가 같이 데리고 가거나 함께 놀아주는 정도였다. 그런데 어느 사이엔가, 모두들 나와 그 사촌 동생을 '단짝'이라고 여기게 되었다. 그러니까 그 애가 나를 유난히 잘 따르고, 내가 그 애를 유난히 귀여워하고 있는 것처럼 생각하게 된 것이다.

나는 한동안 그 이유를 알 수 없었다. 그런데 지금처럼 이렇게 고개를 갸웃거리는 모습으로 왼쪽 귀를 가만히 내 쪽으로 기울이고 있는 사촌 동생의 모습을 보고 있자니 왠지 가슴이 뭉클해진다. 먼 옛날에 들은 빗소리처럼, 어딘가 모르게 어색한 그의 일거일동이 내 마음에 친근감이 일게 한다. 친척들이 왜 우리를 하나로 묶으려 했는지 조금은 알 것 같은 기분이 들었다.

버스가 일곱 번째인가 여덟 번째 정거장을 지날 때쯤, 사촌 동생이 다시 불안해 보이는 눈으로 내 얼굴을 올려다보았다.

"아직도 멀었어?"

"아직 더 가야 해. 큰 병원이니까, 가다 보면 바로 눈에 띌 거야."

차창 너머로 불어오는 바람이 노인들이 쓴 모자챙이나 목에 감은 스카프를 가볍게 팔락이게 하는 것이 내 눈에 들어왔다. 저 사람들은 대체 누구일까? 그리고 대체 어디로 가고 있는 것일까?

   장님 버드나무와, 잠자는 여자

"있잖아, 형. 우리 아버지 회사에서 일하게 됐어?" 하고 사촌 동생이 내게 물었다.

나는 놀란 눈으로 그의 얼굴을 보았다. 사촌 동생의 아버지는, 그러니까 나의 큰아버지는 고베에서 꽤 큰 인쇄소를 경영하고 있다. 하지만 나는 그런 가능성을 생각해본 적도 없고, 누군가가 내게 그런 이야기를 살짝 내비친 적도 없었다.

"그런 얘기 들은 적 없는데" 하고 나는 말했다. "그런데 그건 왜 묻는 거야?"

사촌 동생은 얼굴을 붉혔다.

"그렇지 않을까 하고 지레짐작한 것뿐이야" 하고 그는 말했다. "하지만 그렇게 되면 좋을 텐데, 여기에 계속 있을 수도 있고. 다들 기뻐할 거야."

버스의 안내 방송이 정류장 이름을 알렸지만, 정차 버튼을 누르는 사람은 아무도 없었다. 정류장에서 버스를 기다리는 사람의 모습도 보이지 않았다.

"그렇지만 도쿄로 돌아가서 해야 할 일이 있어" 하고 나는 말했다. 사촌 동생은 말없이 고개를 끄덕였다.

해야 할 일 같은 건, 그 어디에도 단 하나도 없다. 그렇지만 여기에만은, 있을 수가 없다.

버스가 산비탈을 오르자, 집이 듬성듬성 보이면서 울창한 나뭇가지가 길 위에 짙은 그림자를 드리우기 시작했다. 페인트칠을 한 낮은 담장에 둘러싸인 외국인 주택도 눈에 띄었다. 바람이 조금 싸늘해졌다. 버스가 길모퉁이를 돌 때마다 눈 아래로 바다가 보였다가 사라지곤 했다. 나와 사촌 동생은 버스가 병원에 도착할 때까지 그런 풍경을 눈으로 좇고 있었다.

진찰을 하려면 시간도 오래 걸리고 혼자 있어도 괜찮으니까, 어디 가서 기다리는 게 좋겠다고 사촌 동생이 말했다. 담당 의사에게 대강 인사를 하고 나서, 나는 진료실을 나와 식당으로 갔다. 그날 아침, 밥을 건성으로 먹어서 배는 고팠지만, 메뉴에 적힌 음식은 아무것도 식욕을 당기게 하는 것이 없었다. 결국 커피만 주문했다.

평일 오전이기도 해서 식당에는 손님이라곤 나 말고는 다른 한 가족 손님만이 있을 뿐이었다. 사십 대 중반쯤 돼 보이는 아버지가 감색 줄무늬 파자마를 입고, 비닐 슬리퍼를 신

   장님 버드나무와, 잠자는 여자

고 있었다. 어머니로 보이는 여자가 어린 쌍둥이 여자애들을 데리고 문병하러 온 모양이었다. 둘 다 같은 흰색 원피스를 차려입은 쌍둥이 자매는 아주 얌전하게, 테이블에 바짝 상체를 숙이고 오렌지 주스를 마시고 있었다. 아버지가 다쳤는지 무슨 병인지는 모르지만, 그다지 심각한 상태는 아닌 듯 부모나 아이들 모두 조금씩은 따분하다는 듯한 표정을 짓고 있었다.

창밖으로는 잔디를 심은 뜰이 펼쳐져 있었다. 스프링클러가 여기저기서 소리를 내며 회전하고, 푸른 잔디 위로 하얀 물줄기를 흩뿌리고 있었다. 날카롭고 드높은 소리로 우는 꼬리가 긴 새 두 마리가 잔디밭 위를 똑바로 가로질러 날더니 이윽고 시야에서 사라져갔다. 잔디 정원 너머는 테니스 코트가 몇 개 있었지만 네트는 걷혀 있었고, 사람은 그림자도 보이지 않았다. 코트 너머에는 느티나무가 늘어서 있고, 나뭇가지 사이로 바다가 보였다. 작은 파도가 여기저기서 초여름의 태양을 눈부시게 반사하고 있었다. 스쳐가는 바람이 느티나무의 새 잎을 가볍게 흔들고, 스프링클러의 규칙적인 물줄기를 흐트러뜨리고 갔다.

먼 옛날, 똑같은 광경을 어디선가 본 것 같은 느낌이 들었
다. 넓은 잔디 정원이 있고, 쌍둥이 여자아이들이 오렌지 주
스를 마시고, 꼬리가 긴 새가 어디론가 날아가고, 네트를 걷
어버린 테니스 코트 너머로 바다가 보이고…… 하지만 그것
은 착각이다. 그 현실감이 아무리 생생하고 강렬하다 해도,
착각이라는 건 잘 알고 있었다. 내가 이 병원에 온 것은 처음
인 것이다.

두 다리를 앞에 놓인 의자에 걸치고, 숨을 들이마시며 눈
을 감았다. 어둠 속으로 흰 덩어리가 보였다. 현미경으로 보
는 미생물처럼 그것은 소리도 없이 늘어났다 줄어들었다 했
다. 형체를 바꾸며 확산했다가 산산이 흩어지고, 다시 뭉쳐
서 하나가 되었다.

그 병원에 간 것은 팔 년 전의 일이었다. 해안 근처에 자리
한 조그마한 병원이었다. 식당 창문으로는 협죽도밖에 아무
것도 보이지 않았다. 낡은 병원이어서 언제나 비가 내리는
듯한 냄새가 났다. 친구의 여자친구가 그곳에서 흉부 수술을
받아 친구와 함께 문병을 갔던 것이다. 고등학교 2학년 여름

 장님 버드나무와, 잠자는 여자

방학 때의 일이다.

　수술이라고 해도 대단한 건 아니고, 태어날 때부터 가슴뼈 하나가 약간 안쪽으로 들어가 있어서 정상으로 되돌려놓는 수술이었다. 긴급하게 처치해야 하는 건 아니었지만, 어차피 언젠가는 해야 할 치료라면 지금 해두자는 요량이었다. 수술 자체는 눈 깜짝할 새 끝났지만, 수술 후에 안정을 취해야 해서 그녀는 열흘 정도 입원해 있었다. 우리는 125cc 야마하 오토바이를 타고 함께 병원으로 갔다. 갈 때는 친구가 운전하고, 돌아올 때는 내가 운전했다. 친구가 함께 가자고 부탁했던 것이다. “나 혼자 병원 같은 데 가고 싶지 않아” 하고 그는 말했다.

　친구는 역 앞 과자점에 들러 상자에 든 초콜릿을 샀다. 나는 한 손으로 그의 허리띠를 붙잡고, 다른 손으로는 초콜릿 상자를 움켜쥐고 있었다. 날이 더워서 우리의 셔츠는 땀으로 흠뻑 젖었다가 또 바람에 마르기를 반복했다. 그는 뜻 모를 노래를 형편없는 목소리로 불러댔다. 나는 그때 그의 땀 냄새를 아직도 기억하고 있다. 그 친구는 얼마 후 죽었다.

그녀는 푸른색 환자복을 입고, 무릎까지 내려오는 얇은 가운을 걸치고 있었다. 우리는 셋이서 식당 테이블에 앉아 쇼트호프를 피우고, 콜라를 마시고, 아이스크림을 먹었다. 그녀는 무척 배가 고프다면서 설탕 묻힌 도넛을 두 개 먹고, 크림이 듬뿍 든 코코아를 마셨다. 그런데도 여전히 부족한 듯이 보였다.

"퇴원할 무렵엔 돼지가 돼 있을 거야" 하고 친구는 기가 막힌 듯 말했다.

"괜찮아, 회복기라 그런 거니까" 하고 그녀는 손가락에 묻은 도넛 기름을 종이 냅킨으로 닦아내며 말했다.

둘이서 애기하는 동안, 나는 창밖의 협죽도를 바라보았다. 협죽도는 무척 커서 작은 숲처럼 보였다. 파도 소리도 들렸다. 창문 난간은 바닷바람을 맞아 닥지닥지 녹이 슬어 있었다. 천장에 설치된 골동품 같은 낡은 선풍기가 실내의 후텁지근한 공기를 휘젓고 있었다. 식당 안에서는 병원 냄새가 났다. 먹을 것에서도, 마실 것에서도, 판에 박은 듯이 병원 냄새가 났다. 그녀가 입고 있는 환자복에는 가슴 부분에 두 개의 호주머니가 달려 있었다. 한쪽 주머니에는 작은 금색 볼펜이 들어 있었다. 몸을 앞으로 기울이면 브이자로 파인 옷 속으로 햇볕에 그을지 않은 밋밋하고 하얀 가슴이 보였다.

내 사고思考는 거기서 갑자기 멈춘다. 그러고 나서 어떻게 됐었지, 하고 나는 생각한다. 콜라를 마시고, 협죽도를 바라보고, 그녀의 가슴을 보고, 그러고는 대체 어떻게 됐지? 플라스틱 의자 위에서 몸의 자세를 바꾸고, 턱을 괸 채로 기억의 층을 파헤쳐본다. 가느다란 칼끝으로 코르크 마개를 후벼 파내는 것처럼.

……나는 시선을 돌려 의사들이 그녀의 가슴살을 헤집고, 그 안으로 수술용 고무장갑을 낀 손가락을 쑤셔넣어 뼈의 위치를 바로잡는 모습을 상상해보았다. 그건 아주 비현실적인 일처럼 생각되었다. 마치 무슨 우화처럼 느껴졌다.

그렇지, 그러고 나서 우리는 섹스에 관한 이야기를 했다. 먼저 말을 꺼낸 건 내 친구였다. 무슨 이야기를 했었지? 아마 내가 했던 어떤 일에 관한 이야기였어. 내가 여자를 꾀려고 수작을 걸었는데 잘 안 됐다는 둥, 대충 그런 이야기였다고 생각된다. 실제로는 별로 대수롭지 않은 일이었는데, 내용을 부풀려 재미있게 이야기해서 그녀는 배꼽을 잡고 웃었다. 나도 웃음을 참지 못했을 정도였다. 그는 말솜씨가 좋았다.

"나 웃게 하지 마" 하고 그녀는 괴로운 듯이 말했다. "웃으면 아직 가슴이 아프단 말이야."

"가슴 어디가 아픈 건데?" 하고 친구가 물었다.

그녀는 환자복 위로 심장의 윗부분, 왼쪽 유방의 조금 안쪽을 손가락으로 눌렀다. 친구가 그걸 보고 뭐라고 농담을 해서, 그녀는 또 웃었다.

손목시계를 본다. 열한 시 십오 분. 사촌 동생은 아직 돌아오지 않았다. 점심시간이 가까워진 탓인지 식당이 북적거리기 시작했다. 여러 가지 소리와 사람들의 말소리가 뒤섞여, 연기처럼 온 식당 안을 감싸고 있다. 다시 한 번 기억의 영역으로 돌아간다. 그녀의 가슴 위 호주머니 속의 작은 금색 볼펜에 대해 생각한다.

……그래 맞아. 그녀는 그 볼펜으로, 종이 냅킨 뒤에 무언가를 그렸다.

그녀는 그림을 그리고 있었다. 그림을 그리기에는 종이 냅

   장님 버드나무와, 잠자는 여자

킨이 너무 부드러워서, 볼펜 끝이 자꾸만 종이에 걸렸다. 그래도 그녀는 묵묵히 언덕을 그려나갔다. 언덕 위에는 작은 집이 있다. 그 집에는 한 여자가 자고 있다. 집 주위로는 장님 버드나무가 무성하다. 장님 버드나무가 여자를 깊은 잠에 빠뜨렸다.

"장님 버드나무라니, 도대체 그게 뭐야?" 하고 친구가 물었다.

"그런 나무가 있어."

"들어본 적이 없는데?"

"내가 만든 나무니까." 그녀는 미소 지었다. "장님 버드나무에는 진한 꽃가루가 있는데, 그 꽃가루를 묻힌 조그마한 파리가 귀로 파고들어가 여자를 잠들게 하는 거야."

그녀는 새 냅킨을 한 장 꺼내서 장님 버드나무를 그렸다. 장님 버드나무는 철쭉만 한 크기의 나무였다. 꽃은 피지만, 그 꽃은 두꺼운 녹색 잎에 둘러싸여 단단히 여미어져 있다. 잎은 도마뱀의 꼬리가 잔뜩 모인 것 같은 모양을 하고 있다. 장님 버드나무는 조금도 버드나무 같아 보이지 않았다.

"담배 있어?" 하고 친구는 내게 물었다. 나는 땀으로 축축해진 쇼트호프 갑과 성냥을 테이블 너머로 그에게 던졌다.

"장님 버드나무는 겉으로 보기에는 작지만, 뿌리는 땅속 깊은 곳까지 뻗어내리고 있어" 하고 그녀는 설명했다. "실제로 어느 정도 자라면, 장님 버드나무는 더 이상 위로는 뻗어가지 않고, 아래로 아래로만 뻗어가는 거야. 마치 암흑을 양분으로 삼기라도 한 듯 말이야."

"그리고 파리가 그 꽃가루를 묻혀 귀로 파고들어가 여자를 깊은 잠에 빠뜨린다는 거지." 친구가 눅눅한 성냥으로 애써 불을 붙이면서 물었다. "그래서…… 그 파리는 뭘 하는 거야?"

"그거야 물론 여자의 몸속에서 그 살을 먹지" 하고 그녀는 말했다.

"우적우적" 하고 친구는 말했다.

그렇다, 그녀는 그 여름에 자신이 쓰고 있던 장님 버드나무에 대한 긴 시의 줄거리를 우리에게 설명해준 것이다. 그 시는 그녀의 유일한 여름방학 과제였다. 어느 날 밤 꾼 꿈에서 영감을 얻어, 침대 위에서 일주일이나 걸려 그 긴 시를 완

   장님 버드나무와, 잠자는 여자

성했다. 친구가 그 시를 듣고 싶다고 하자, 그녀는 아직 세세한 부분이 마무리가 덜 되었다며 거절하고, 그 대신 그림을 그려서 그 시의 의미와 내용을 설명해주었다.

장님 버드나무 꽃가루 때문에 잠들어버린 여자를 구하기 위해서 한 젊은 남자가 언덕을 올라갔다.

"그건 내 얘기를 하는 거지, 그렇지?" 하고 친구는 말참견을 했다.

그녀는 고개를 저었다. "아니야, 그 남잔 네가 아니야."

"네가 그걸 어떻게 알아?" 하고 친구는 말했다.

"난 알아" 하고 그녀는 진지한 표정을 지으며 말했다. "왜 그런지는 몰라. 하지만 그렇다는 건 틀림없어. 상처 받았어?"

"물론이지." 친구는 농담 반 진담 반으로 그렇게 말하며, 얼굴을 찌푸렸다.

젊은이는 앞길을 막을 듯이 무성하게 자라 있는 장님 버드나무를 헤치고, 천천히 언덕을 올라갔다. 사실 장님 버드나무가 빽빽이 가지를 뻗기 시작한 이후부터 그 언덕을 오른 사람은 그가 처음이었다. 모자를 깊숙이 눌러쓰고, 한 손으로는 몰려드는 파리를 쫓으면서 젊은이는 발걸음을 옮겼다.

잠들어 있는 여자를 만나기 위하여. 그녀를 깊고 긴 잠에서 불러내 깨우기 위하여.

"하지만 결국 언덕 꼭대기에서 여자의 육신은 파리한테 남김없이 먹혀버렸다, 이런 얘기지?" 하고 친구가 말했다.

"어떤 의미로는 그렇지" 하고 그녀는 대답했다.

"어떤 의미로 파리한테 고스란히 먹혀버리다니, 어떤 의미에서는 슬픈 얘기겠구나. 틀림없어" 하고 친구는 말했다.

"뭐 그렇다고 볼 수 있지" 하고 그녀는 잠시 생각한 후 말했다. "넌 어떻게 생각해?" 그녀는 내게 물었다.

"슬픈 얘기처럼 들려" 하고 나는 말했다.

사촌 동생이 돌아온 건 열두 시 이십 분이었다. 어쩐지 초점이 흐린 표정으로, 약봉지를 들고 있었다. 식당 입구에서 모습을 나타낸 후, 내가 앉은 테이블을 발견하고 걸어오는 데 얼마쯤 시간이 걸렸다. 몸의 균형을 잘 잡지 못하는 것 같은 어색한 걸음걸이였다. 나와 마주 앉자 바쁜 나머지 잠시 숨 쉬는 걸 잊어버렸다는 듯이 크게 숨을 들이쉬었다.

"어땠어?" 하고 나는 물어보았다.

 장님 버드나무와, 잠자는 여자

“응” 하고 사촌 동생은 말했다. 대답이 이어지기를 기다렸지만, 한참을 기다려도 그는 입을 다물고 있었다.

“배는 안 고파?” 하고 나는 물었다.

사촌 동생은 말없이 고개를 끄덕였다.

“여기서 먹을까, 아니면 버스를 타고 시내로 나가서 뭘 좀 먹을까? 어느 쪽이 좋겠어?”

사촌 동생은 의아한 눈길로 식당 안을 한번 휘 둘러보고는, 여기가 좋아, 하고 말했다. 나는 식권을 사서 점심 메뉴 2인분을 주문했다. 음식이 나올 때까지, 사촌 동생은 창밖 풍경을—바다며 느티나무 가로수며 스프링클러며 조금 전까지 내가 보았던 것과 똑같은 풍경을— 잠자코 바라보았다.

옆자리의 테이블에서는 말끔한 차림의 중년 부부가 샌드위치를 먹으면서, 폐암으로 입원 중인 친지의 이야기를 하고 있었다. 오 년 전에 금연을 했는데 너무 늦었던 것 같다든가, 아침에 일어나자 왈칵 피를 토했다든가, 하는 그런 이야기였다. 부인이 묻고, 남편이 그에 대한 대답을 했다. 암이라고 하는 것은 어떤 의미에서는, 인간의 살아가는 경향이 응축된 것이기도 하다고 남편은 설명했다.

점심 메뉴는 햄버그스테이크와 흰 살 생선튀김이었다. 그 밖에 샐러드와 롤빵이 곁들여져 있었다. 우리는 마주 앉아 말없이 그것을 먹었다. 그러는 사이 옆자리의 부부는 계속 암이 어떻게 생기게 되는지에 관한 이야기를 열심히 주고받았다. 왜 최근 들어 암 환자가 많이 늘고 있는지, 왜 특효약이 나오지 않는지, 그런 내용들이었다.

"어디나 대개는 같아." 사촌 동생은 자신의 두 손을 바라보면서, 어쩐지 맥 빠진 듯한 목소리로 내게 말했다. "모두가 비슷한 질문을 하고, 비슷한 검사를 한다고."

우리는 병원 문 앞에서, 벤치에 앉아 버스를 기다리고 있었다. 바람이 이따금씩 머리 위의 푸른 나뭇잎들을 흔들어대고 있었다.

"가끔씩 귀가 전혀 안 들릴 때도 있니?" 하고 나는 사촌 동생에게 물어보았다.

"응." 사촌 동생이 대답했다. "아무것도 안 들릴 때도 있어."

"그럴 땐 어떤 느낌이 들지?"

사촌 동생은 고개를 갸우뚱하며 잠시 생각에 잠겼다. "문

    장님 버드나무와, 잠자는 여자

득 정신을 차리고 보면 말이야, 전혀 소리가 들리지 않는 거야. 하지만 그걸 느끼게 되기까지는 꽤 시간이 걸려. 그렇게 됐을 때는 더 이상 아무 소리도 들리지 않아. 귀마개를 하고 깊은 바다 밑바닥에 잠겨 있는 것처럼 말이야. 그런 상태가 한참 동안이나 계속돼. 그사이 분명 귀는 들리지 않지만, 귀만 그런 게 아니야. 들리지 않는다는 건 그런 상태의 작은 일부에 불과해.”

“그럴 땐 기분이 나쁘니?”

사촌 동생은 짧고 세차게 고개를 저었다. “무슨 까닭인지는 모르지만, 싫다는 느낌은 들지 않아. 그냥 여러 가지로 불편한 일이 생길 뿐이지. 소리가 들리지 않으면 그렇게 돼.”

나는 생각해보았다. 하지만 이미지는 잘 떠오르지 않았다.

“존 포드가 감독한 〈아파치의 요새〉란 영화 본 적 있어?” 하고 사촌 동생이 물었다.

“아주 오래전에 본 적 있어” 하고 나는 말했다.

“얼마 전에 텔레비전에서 방영하는 걸 봤어. 무척 재미있는 영화였어.”

“그래.” 나는 맞장구를 쳤다.

"그 영화 첫머리에, 서부의 요새에 새로 장군이 부임해오잖아. 그 장군을 고참 대위가 맞이하는데, 존 웨인이 그 역할로 나오지. 장군은 아직 서부의 사정을 잘 모르고, 요새 주변에서는 인디언이 반란을 일으키고 있는 거야."

사촌 동생은 호주머니에서 손수건을 꺼내 입을 닦았다.

"요새에 도착하자마자 장군은 존 웨인을 보고 이렇게 말해. '이곳으로 오는 도중에 인디언을 몇 명인가 보았다' 라고. 그러자 존 웨인은 시치미를 떼고 이렇게 말하지. '괜찮습니다. 장군께서 인디언을 보았다는 건, 바꿔 말하면 인디언은 거기에 없다는 뜻입니다' 라고. 정확한 대사는 잊어버렸지만 대충 그런 말이었을 거야. 무슨 뜻인지 알겠어?"

〈아파치의 요새〉에 그런 대사가 나왔는지 나는 떠오르지 않았다. 존 포드의 영화치고는 약간 이해하기 어려운 대사라는 느낌도 들었다. 하기야 그 영화를 본 건 아주 오래전의 일이다.

"누구의 눈에나 다 보이는 일은, 그다지 중요하지 않다는 의미일까…… 잘 모르겠지만."

사촌 동생은 이맛살을 찡그렸다. "나도 정확한 의미는 모

   장님 버드나무와, 잠자는 여자

르겠지만, 귀가 잘 들리지 않는다고 해서 누군가에게 동정을 받을 때마다 왠지 그 대사가 떠오르는 거야. '인디언을 보았다는 건, 바꿔 말하면 인디언은 거기에 없다는 뜻입니다' 라고 말이야."

나는 웃었다.

"우스워?" 하고 사촌 동생이 물었다.

"우스워" 하고 나는 말했다. 사촌 동생도 웃었다. 그가 웃은 건 오랜만이었다.

잠시 사이를 두고 사촌 동생이 고백하듯 말했다. "있잖아, 내 귀 좀 들여다봐줄래?"

"귀를 들여다보라고?" 나는 좀 놀라며 말했다.

"그냥 살짝 바깥쪽에서 보기만 하면 되는데."

"그건 어렵지 않지만, 왜 그래?"

"그냥……" 하고 사촌 동생은 얼굴을 붉히며 말했다. "어떻게 생겼는지, 그냥 한번 봐줬으면 좋겠어."

"그러지 뭐" 하고 나는 말했다. "자, 보자."

사촌 동생은 등을 돌리고 앉아 오른쪽 귀를 내게 내밀었다. 새삼스럽게 자세히 보니까 꽤 잘생긴 귀였다. 크기는 작았지만 귓불은 방금 구워낸 마들렌처럼 뭉실뭉실하게 부풀어오른 모양이었다. 누군가의 귀를 이토록 꼼꼼하게 들여다보기는 생전 처음이었다. 구석구석 살펴보니, 인체의 다른 기관과 비교해서 귀라는 것은 형태적인 면에서 뭔지 모르게 이해할 수 없는 데가 있었다. 불합리해 보일 정도로 여기저기가 구불구불하고, 쑥 들어갔다가 툭 튀어나온 부분도 있었다. 진화의 과정에서 소리를 모으거나 방어하는 기능을 추구하는 사이에, 자연스럽게 그런 이상한 외관을 갖게 된 것인지도 모른다. 그렇게 뒤틀린 벽에 둘러싸여 귓구멍이 하나 비밀의 동굴 입구처럼 어둡게 뚫려 있었다.

나는 그 여자의 귀에 깃들어 살고 있는 조그만 파리들에 대해 생각해보았다. 그들은 여섯 개의 다리에 달콤한 꽃가루를 흠뻑 묻히고, 그녀의 뜨뜻한 어둠 속으로 파고들어가, 그 엷은 복숭앗빛을 띤 부드러운 살을 파먹고, 즙을 빨고, 뇌 속에 작은 알을 낳고 간 것이다. 하지만 파리들의 모습은 보이지 않는다. 날개 소리도 들리지 않는다.

"이제 다 봤어" 하고 나는 말했다.

사촌 동생은 몸을 빙그르 돌려 자세를 가다듬고 앉았다.

 장님 버드나무와, 잠자는 여자

"어땠어? 어디 이상한 데는 없어?"

"밖에서 보기에는 특별히 이상한 데는 없는 것 같아."

"좀 분위기가 이상하다든가, 그런 거라도 봤으면 말해줘."

"지극히 평범한 귀야."

사촌 동생은 실망한 듯한 눈치였다. 내가 말을 잘못한 건지도 모르겠다.

"치료할 때는 안 아팠니?" 하고 나는 물어보았다.

"아니, 별로. 지금까지 받았던 거나 똑같았지 뭐. 비슷한 데를 비슷하게 들쑤셔놓았으니까. 지금은 마치 그 부분이 닳아 없어진 것 같아. 가끔 내 귀가 아닌 것 같기도 하고."

"28번." 잠시 후에 사촌 동생이 내 쪽을 바라보고 말했다. "28번 버스를 타면 되는 거지?"

나는 줄곧 무엇인가를 생각하고 있었다. 그 말을 듣고 고개를 들어보니, 버스가 속도를 줄이고 비탈진 언덕길을 올라오는 것이 보였다. 조금 전에 탔던 신형 버스는 아니고, 전에 본 적이 있는 구형 버스다. 정면에 '28'이란 번호판이 걸려 있다. 나는 벤치에서 일어나려고 했다. 그러나 잘 일어날 수가 없었다. 마치 거센 물결의 한가운데에 있는 것처럼 손발을 마음대로 움직일 수 없었다.

나는 그때, 그 여름 오후 문병을 갈 때 들고 갔던 초콜릿 상자를 생각했다. 그녀가 반가운 표정으로 뚜껑을 열었을 때, 그 한 다스의 작은 초콜릿은 볼품없이 녹아버린 채로 포장지와 상자에 흠뻑 달라붙어 있었다. 나와 친구는 병원으로 오는 도중, 바닷가에 오토바이를 멈춰 세웠다. 그리고 모래사장에 드러누워 많은 이야기를 했다. 그사이 우리는 뜨거운 팔월의 태양 아래 초콜릿 상자를 그대로 내버려두었던 것이다. 초콜릿은 우리의 부주의와 오만 때문에 형태도 없이 녹아버렸다. 우리는 엉망진창이 된 초콜릿에 대해 무언가 느껴야 했다. 누구라도 좋다, 누군가가 조금이라도 의미 있는 말을 해야만 했다. 그런데 그날 오후, 우리는 아무것도 느끼지 못하고 하찮은 농담만 주고받다 그대로 헤어졌다. 그리고 그 언덕을, 장님 버드나무가 무성한 채로 그냥 방치하고 만 것이다.

사촌 동생이 내 오른팔을 세게 붙잡았다.

"괜찮아?" 하고 사촌 동생이 물었다.

  장님 버드나무와, 잠자는 여자

나는 의식을 현실로 되돌리고, 벤치에서 일어섰다. 이번에는 제대로 일어설 수 있었다. 스쳐 지나가는 오월의 그리운 바람을 다시 피부로 느낄 수 있었다. 나는 그로부터 아주 짧은 몇 초 동안, 어둑어둑하고 기묘하게 느껴지는 장소에 서 있었다. 눈에 보이는 것이 존재하지 않고, 눈에 보이지 않는 것이 존재하는 그런 장소에. 그렇지만 이윽고 눈앞에 현실의 존재인 28번 버스가 멈추어 서자, 그 현실의 문이 열리게 된다. 그리고 나는 그 버스에 올라타, 어딘가 다른 곳으로 떠나게 된다.

나는 사촌 동생의 어깨에 손을 얹어놓았다. "괜찮아" 하고 나는 말했다.

　여기에 수록된 작품의 집필 시기는 〈장님 버드나무와 잠자는 여자〉를 별도로 하면, 두 시기로 나뉜다. 〈일곱 번째 남자〉와 〈렉싱턴의 유령〉 두 작품은 《태엽 감는 새》 뒤에 썼고 (1996년), 그 외의 작품은 《댄스 댄스 댄스》, 《TV 피플》 뒤에 썼다(1990, 91년). 그동안에는 약 오 년간 긴 공백이 있다. 그 시기에 나는 줄곧 미국에서 살았고, 《태엽 감는 새》와 《국경의 남쪽, 태양의 서쪽》이란 장편소설을 집필하고 있어서, 단편소설은 전혀 쓰지 않았다고 할까, 쓸 만한 여유가 없었다.

　〈장님 버드나무와 잠자는 여자〉는 인트로에도 쓴 것처럼 1983년에 쓴 것을 짧게 한 것이지만, 본서에는 그 밖에도 몇 개인가 늘이거나 줄이거나 한 작품이 있기 때문에 일단 양해를 구하고 싶다. 까다로워서 죄송하지만, 이것은 개인적으로 단편소설을 짧게 하거나, 길게 하거나 하는 것에 의심받는 탓이기 때문이다.

여기에 수록된 〈토니 다키타니〉는 긴 편으로, 짧은 것은
〈문예춘추단편소설관〉이라는 앤솔러지에 수록되었다. 〈렉
싱턴의 유령〉도 긴 버전으로, 짧은 버전(거의 반 정도의 길이)
은 《군조》 10월호에 실렸다.

쓸 때는 특별히 깊이 생각하지 않고 쓰고 싶은 것을 쓰고
싶은 대로 쓸 뿐이지만, 이렇게 연대순으로 나열하고 정리해
읽어보면서 그 나름대로 스스로는 '역시'라고 생각하긴 했
다. 하나의 기분의 흐름을 반영했다, 하고 생각했다. 어디까
지나 나로서는, 이란 점에서.

단행본으로 나와 덧붙여 썼다.

무라카미 하루키

일곱 빛깔의 단편집

　노벨문학상 수상자인 오에 겐자부로가 서울에 와서 강연을 한 적이 있다. 그때 나는 그 강연이 끝나고 동승한 엘리베이터에서 넌지시 "오에 씨는 무라카미 하루키라는 작가를 어떻게 생각하십니까?" 하고 물어보았다. 그러자 그는 "최근에 하루키가 쓴 단편은 높이 평가할 만하다" 하고 흔쾌히 대답했다. 구체적으로 어떤 단편을 읽었느냐고 물어보지는 않았지만, 하루키가 단편을 많이 발표하지 않은 점을 감안한다면 오에 겐자부로가 말하는 단편은 아마도 《렉싱턴의 유령》이었던 것으로 추측된다.

　《렉싱턴의 유령》은 오컬트(과학적으로 해명할 수 없는 초자연적 현상)한 내용의 작품 일곱 가지를 담은 하루키의 단편집이다. 이 단편집의 타이틀이 된, 어느 날 유령과 조우한 작가의 이야기를 담은 〈렉싱턴의 유령〉을 필두로, 전업주부에게 사랑을 고백하려다 비참한 실연을 당하는 녹색 짐승의 이야기 〈녹색 짐승〉, 학창 시절 따돌림을 당한 적 있는 남자의 무시무시한 고백을 담은 〈침묵〉, 얼음사나이와 결혼한 여자의 고독을 그린 〈얼음사나이〉, 저세상으로 먼저 떠난 아내의 자취를 찾는 고독한 남자의 이야기 〈토니 다키타니〉, 잊히지 않는 공포의 기억을 통해 진정한 공포란 무엇인가를 묻는 〈일곱 번째 남자〉, 어느 여름날 병원에서 만난 여자의 괴이하고 환상적인 이야기를 담은 〈장님 버드나무와, 잠자는 여자〉의 순으로 구성되어 있다. 그야말로 각 장의 제목만 보아도 심상치 않은 느낌이 드는 작품집이라 하겠다.

일곱 가지 단편이 한결같이 일인칭소설로서, 화자인 '나'의 입을 통해서 갖가지 이야기가 독자들의 귀로 전해지고 있다. 물론 '나'라는 화자는 매번 모습을 바꾸어, 때로는 미국인이기도 하고 때로는 일본인이기도 하며, 남자인 경우도 있고 여자인 경우도 있다.

하루키는 가장 좋아하는 작가의 한 명으로 피츠제럴드를 꼽는데, 피츠제럴드의 대표작 《위대한 개츠비》를 보면, '나'라는 화자가 개츠비에 관한 이야기를 독자들에게 들려주는 형식을 취하고 있다. 일곱 편의 단편 중 첫 번째 이야기인 〈렉싱턴의 유령〉을 접하는 순간, 바로 《위대한 개츠비》가 연상되었는데, 이유인즉 작품의 무대도 미국이고 서두에서 화자가 자신의 신상을 소개하는 형식이며, '나'에 의해 실질적 주인공인 케이시를 독자들에게 소개하는 부분 역시 《위대한 개츠비》와 상당 부분 유사한 분위기를 띠고 있기 때문이다. 아마도 〈렉싱턴의 유령〉을 집필하면서 하루키는 시종일관 피츠제럴드를 강하게 의식하고 있었을 것이다.

물론 하루키가 단순히 피츠제럴드를 흉내 내었다는 것은 아니다. 하루키 특유의, 아주 결정적인 부분에 이르러서도 아무런 동요 없이 담담한 문체로 작품을 엮어가는 솜씨며, 간결하게 주위 상황을 묘사하는 작가적 기량 등은 타의 추종을 불허하는, 하루키의 독자적인 능력이라 하겠다. 그러나 무엇보다도 감탄을 자아내게 하는 것은 일곱 가지 이야기가 모두 너무나도 기발하며 독특한 내용으로 꾸며졌다는 점이다.

독자들을 환상의 세계에서 발생하는 사건 속으로 끌어들이는가 하면, 다음 순간에는 현실의 세계에서 벌어지는 애달

픈 사건으로 끌어들이고, 또 그런가 하면 가슴이 흐뭇해지는 사건에 직면하도록 하는 천변만화千變萬化의 재주를 부리는 하루키는, 도대체 어디에서 이토록 기발한 아이디어를 얻는 것일까?

《렉싱턴의 유령》처럼 오컬트한 이야기를 엮은 단편집으로, 일본의 국민작가라 불리는 나쓰메 소세키의《열흘 밤의 꿈》과 우치다 핫켄의《명도冥途》라는 단편집이 유명하다.

전자는 제목 그대로 열흘 밤 동안 꾼 열 가지 꿈 이야기로서, 헤어진 여자가 흰 백합이 되어 나타나는 이야기, 등에 업은 맹인 아이가 백 년 전에 왜 자신을 죽였느냐며 다그치는 이야기, 외국으로 항해하는 선상에서 느끼는 고독과 실의를 그린 이야기, 이발소의 거울에 비치는 신비한 풍경 이야기 등으로 구성되어, 꿈이라는 이공간異空間의 효용을 최대한으로 살린 명작이다.

후자인《명도》역시 대단한 명작으로서, 핫켄이 스승인 소세키의《열흘 밤의 꿈》에서 힌트를 얻어 쓴 작품인데, 작가의 말을 빌리자면, '가슴속의 신비'를 '독한 마음'으로 엮은

열여덟 가지 이야기로 구성되어 있다.

하지만 하루키의 매력은 역시 일본이라는 틀에서 벗어나 국제적인 감각으로 전 세계의 독자가 위화감을 느끼지 않고 읽을 수 있는 작품을 쓴다는 점일 것이다. 《오디세이》 이래 삼천 년에 걸친 세계문학이 오로지 서양인에 의한 서양인의 문학으로 굳어져왔으나, 하루키는 지난 이십오 년간의 많은 작품 활동으로 그의 대부분의 작품이 삼십여 개국에서 번역 출간되어, 순문학작품으로서는 거의 유례가 드문 장기 베스트셀러를 기록함으로써, 동양인으로서는 최초로 세계적 작가로서 명성을 떨치고 있다. 그것은 일찍이 동양권에서는 아무도 이루지 못했던 위업이며, 하루키 역시 그러한 작품을 만들어내기 위해서 부단한 노력을 기울였기에 《렉싱턴의 유령》이라는 또 하나의 명작을 탄생시키기에 이른 것이다.

《렉싱턴의 유령》의 여섯 번째 이야기인 〈토니 다키타니〉는 이치카와 준이 메가폰을 잡고, 개성파 배우 잇세 오가타와 미야자와 리에 주연으로 영화화됐다. 무엇보다도 인상적인 것은 아카데미 음악상을 수상한 바 있는 사카모토 류이치의 음악을 배경으로 니시지마 히데키의 차분한 내레이션이 원작의 분위기를 절묘하게 잘 살려내고 있다는 점이다.

하루키의 작품은 의외로 영상화하기 어려운 면을 지니고 있지만, 최근에 하루키는 그 점을 의식한 듯 최근작《어둠의 저편》처럼 다소 영상적인 기법을 작품에 도입하고 있어서 머지않아 하루키의 원작 영화들을 극장에서 만날 날이 올 것이라는 예감이 든다.

이처럼 단편문학 중에서도 출중한 작품성과 아름다운 이야기로 평자들과 독자들을 동시에 사로잡은《렉싱턴의 유령》은 하루키 단편문학의 에센스라고 하겠으며, 한국 하루키 팬들의 애독서가 될 것으로 믿어 마지않는다.

허호(번역문학가 · 수원대 교수)

하루키 원숙기의 단편문학 정수

무라카미 하루키는 서른 살 때인 1979년 유월 《바람의 노래를 들어라》로 데뷔한 이래, 2005년 현재까지 장편소설 11종, 단편소설집 10권, 에세이 17권, 기행문과 기타 저서 11권, 번역서 53권 등의 저서를 내놓았다.

그러니까 데뷔한 이후 이십육 년 동안 삼 개월마다 한 권씩 저서를 출간했다는 얘기다. 참으로 몸과 마음의 모든 힘을 글쓰기에 쏟아부은 초인적인 노력의 결과라고 하지 않을 수 없다.

또한 하루키는 작품을 쓸 때 장편과 단편을 달리 대하며 집필하는 것으로 알려져 있는데, 이번 책 《렉싱턴의 유령》 같은 단편소설 쓰기에 대해 그는 이렇게 말한 적이 있다. "단편소설은 어디까지나 고쳐 쓰고 또 고쳐 쓰고 해서 완벽한 문장을 만들어내는 것을 원칙으로 하고 있다. 만족스럽다고 생각할 때까지 고쳐 쓰고, 또 고쳐 쓰고 한다." 그리고 하루키는 이처럼 발표하기 전에 여러 번 고쳐 쓴 것임에도 발표한 후에 또다시 손을 대기도 한다. 대부분의 경우 단편소설은 문예지 등의 청탁을 받고 쓴 뒤 발표하고 나서 단행본으로 묶어 출간할 때 다시 철저하게 고쳐 쓴다. 심지어는 원작에 비해 차이 나게 늘이거나 줄일 때도 있다.

이 작품집 속에 수록된 〈장님 버드나무와, 잠자는 여자〉는 애초에 길게 써서 발표한 작품을 짧게 고쳐 쓴 작품의 경우에 해당한다. 반대로 당초 짧게 썼던 작품을 길게 늘여서 수록한 경우는 바로 이 작품집 속의 〈토니 다키타니〉가 그 대표적인 경우라고 할 수 있다.

한편 심혈을 기울여 완성한 단편소설을 장편의 일부로 편입시켜 부활시키는 것은 하루키가 단편소설을 얼마나 독자적인 소중한 작품으로 여기는가를 말해준다.

단편 〈도시와 그 불확실한 벽〉은 그의 대표작의 하나인 《세계의 끝과 하드보일드 원더랜드》의 핵심 부분으로 부활했으며, 장편《태엽 감는 새》는 단편인 〈태엽 감는 새와 화요일의 여자들〉을 모태로 하고 있다. 단편 〈반딧불이〉를 장편

《상실의 시대》 중 가장 요긴한 부분에 화려하게 부활시킨 것은 그의 단편소설의 장편화 가공 작업 중에서도 하이라이트라고 하겠다.

이 소설집 속의 가장 하루키 작품다운 것은 역시 〈토니 다키타니〉라고 나는 생각한다. 이 작품은 하루키가 하와이의 관광지 마우이 섬의 한 헌옷가게에서 '토니 다키타니'라는 이름이 새겨진 티셔츠를 보고 호기심이 일어 사가지고 와서 소설로 쓴 것이다. 이 작품 역시 다른 대부분의 단편소설처럼 책상에 앉아 소설을 쓰기 직전까지 미리 어떤 줄거리나 주제의 방향도 잡아놓지 않았을 것이라고 짐작된다. 아마 제목만 쓰고 나서 그의 머릿속에 떠오르는 상상의 날개가 파닥이는 방향을 따라 그 작품 속의 등장인물을 만들어내고, 마음 내키는 대로 그 기이한 이야기를 써내려가지 않았을까. 그 모든 이야기가 자연 발생적으로 생겨난 듯 신비롭고 자연스럽기 때문이다. 물론 이 책에 수록된 작품이 여러 번 고쳐 쓴 끝에 발표한 작품을 다시 길게 늘여 쓴 것이기 때문에 애초의 작품 구성이 어떠했는지는 알 길이 없다.

특히 〈토니 다키타니〉는 동명의 영화로도 만들어져 인기를 끌었으며, 스위스 로카르노 국제영화제 심사위원특별상, 국제비평가연맹상 등을 수상해 하루키 문학의 영상성을 확인할 수 있었다.

《렉싱턴의 유령》에 실린 일곱 개의 단편은 모두 한결같이 현실 세계에서 있을 수도 상상할 수도 없는 기상천외한 이야기를 통해 하루키 특유의 탁월한 상상력의 세계를 보여준다. 그리고 작품 하나하나마다 최선의 노력을 아낌없이 기울이는 하루키의 프로 작가다운 모습을 보여준다.

마지막으로 나는 이번 번역도 지난번 작품 《어둠의 저편》처럼 원문에 충실하게 우리말로 옮기는 데 힘썼다는 것을 말해두고 싶다. 일본글과 우리글은 어원이나 문법이 동일하다고 해도 지나침이 없는 만큼 직역을 원칙으로 하고, 다만 두 나라 말 가운데 같은 어휘인데도 의미나 뉘앙스가 다른 말이나 표현은 세심한 주의를 기울여 의역했다.

한국의 독자들이 원숙기에 도달한 하루키의 이 신비롭고 아름다운 단편들을 감상하는 데 참고가 되었으면 하는 마음

옮긴이의 말

에서, 번역 과정에서 떠오른 이야기를 두서없이 전하며 이
글을 맺는다.

임홍빈

옮긴이 **임홍빈**

서울대 법대를 졸업한 후 20여 년간 중앙일보, 한국일보, 경향신문 등에서 신문인으로 활동했다. 하버드대와 도쿄대 대학원 등에서 신문학 등에 관한 연구를 했으며, 고려대와 이화여대에서 신문학을 강의했다. 《달리기를 말할 때 내가 하고 싶은 이야기》《스푸트니크의 연인》《국경의 남쪽, 태양의 서쪽》《4월의 어느 맑은 아침에 100퍼센트의 여자를 만나는 것에 대하여》 등 다수의 무라카미 하루키 작품을 번역했다.

렉싱턴의 유령

1판 1쇄　　　2006년 1월 13일
1판 21쇄　　2025년 10월 27일

지은이　　　무라카미 하루키
옮긴이　　　임홍빈

펴낸이　　　임주현
펴낸곳　　　(주)문학사상
주소　　　　경기도 파주시 회동길 363-8, 201호(10881)
등록　　　　1973년 3월 21일 제1-137호

전화　　　　031) 946-8503
팩스　　　　031) 955-9912
홈페이지　　www.munsa.co.kr
이메일　　　munsa@munsa.co.kr

ISBN　978-89-7012-735-4 (03830)

＊잘못 만들어진 책은 구입처에서 교환해 드립니다.
＊책값은 표지 뒷면에 표시되어 있습니다.